그대는 언제나 꽃

김상복

전남대학교 졸업
중등교원 정년퇴직
전남대학교 평생교육원 문예창작반(4년) 수료
2021년《문학춘추》시로 등단
순천문인협회 회원
ksbb211@daum.net

그대는 언제나 꽃

—

초판 1쇄 2022년 11월 15일
지은이   김상복
펴낸이   김영재
펴낸곳   책만드는집

—

주소   서울 마포구 양화로3길 99 4층 (04022)
전화   3142-1585·6
팩스   336-8908
전자우편 chaekjip@naver.com
출판등록 1994년 1월 13일 제10-927호
ⓒ 김상복, 2022

—

ISBN 978-89-7944-816-0 (03810)

그대는 언제나 꽃

김상복 시집

책만드는집

시 공부를 시작하면서 예전과는 달리 나와 주변 사물에 대해 애정을 갖고 관찰하는 생활 태도를 갖게 되었으며, 애정을 갖고 대할 때 보이지 않고 들리지 않던 것들이 나에게 다가옴을 느꼈기에, 시 창작은 곧 애정의 표현이라고 생각합니다.

시를 쓸 때 자기만의 만족이 아니라 다른 사람에게 공감을 줄 수 있는 시를 쓰고자 노력했지만 그에 미치지 못해서 큰 아쉬움도 있습니다.

5년 동안 시 공부에 충실한 나에게 칭찬의 박수를 보내며, 아내에게도 고마운 마음을 전하고 싶습니다.

그리고 시 창작을 지도해 주시고 해설까지 써주신 신병은 교수님께 깊이 감사드리며 또한 흔쾌히 출판해 주신 김영재 사장님과 한나라 팀장님께 깊은 감사의 말씀 드립니다.

그동안의 작품을 모아 부끄럽지만 조심스레 첫 시집을 선보입니다.

2022년 11월
김상복

| 차례 |

2부

3부

4부

1부

애절한 사랑

가을이 깊어갈수록
저들도 사랑할 시간이 많지 않음을 알고 있을까
어젯밤도 오늘 밤도
목이 쉬도록 짝을 찾는 미물들의 애절한 울음소리
어두운 밤길 밝혀주는 가로등
그 울음소리 외면 못 해 더 밝게 비춘다

나뭇잎 뒤에 숨어 긴 울음 보내고
모든 촉각 세우며 기다리는 저 간절함
궁금해 가까이 가면 소리 뚝
발길 돌리면 다시 울리는 간절한 울음소리
잠든 아파트 사이로 그 울음소리 참 깊다

하찮은 미물도
만물의 영장도
사랑엔 슬픈 무늬 서려 있어 더욱 아름답다

목련의 항변

가을이 깊어가는데
목련꽃이 화사한 모습으로
억새꽃 곁에서 햇살을 받고 있다

지나는 관광객
가을을 느끼고 싶어,
가을과 하나 되고 싶어 찾아왔는데
때아닌 봄꽃을 만나
두 계절 맛본다며 기뻐한다

그러나
목련이 착각하고 있다고
계절감을 상실했다고
아니 미쳤다고 인간들은 한마디씩 던진다

가을이 봄 같아 꽃송이 피운 게
그렇게 큰 잘못인가
철없는 인간도 있지 않느냐고
볼멘소리로 한마디 던지는 목련꽃

동천東川의 아침

봄소식 먼저 알려준 벚나무
가을도 일찍 물들어
강둑 산책길에 낙엽이 수북하다
수양버들은 계절을 비껴간 듯
아직도 초록 머리 치렁치렁
바람결로 빗질한다

왜가리 몇 마리
물가에서 긴 목 빼고 아침 식사를 기다리다
살아가는 일은 결코 쉬운 일이 아니라고
눈짓 한번 던지는데
산책길 옆 키 작은 코스모스
그렇다고 맞장구치듯 고개를 끄덕끄덕

조용한 휴일
행복을 꿈꾸는 사람들의 발걸음이
동천의 아침을 깨운다

행복한 섬

바다 한가운데 섬 하나 있습니다
아니 섬 주위에 바다가 빙 둘러 있습니다
섬은 언제나 제자리 지키고 있어 분명 주인입니다
하루에 두 번씩 나갔다가 꼭 돌아온 바다는
주인 옆구리 콕콕 찌르며 밤새 안부 묻습니다
그 간지럼 참지 못한 섬,
하얀 물보라 튕기며 다정스레 안아줍니다
때론 투정 부리는 거친 파도도
등 다독이며 말없이 받아줍니다
섬은 언제나 제자리에서
날마다 옆구리가 찢겨가는 아픔도 참으며
밤은 밤대로 낮은 낮대로
자연이 건네준 넉넉한 사랑 모두에게 나눠줍니다
지친 심신 안고 섬을 찾는 길손에게도
따뜻한 품 내어주고
섬이 좋아 찾아온 길손에게도
기쁨 가득 안겨줍니다
섬은 혼자여도 외롭지 않습니다
바다 한가운데 둥실 떠 있는 섬은 베풀 수 있어 행복합니다

겨울나무

잎을 모두 내려놓은 겨울나무는
북풍을 온몸으로 맞아도 잠시 흔들거릴 뿐
다시 바른 자세로 수행 중
잎에 가려 보이지 않았던 생채기들은
삶이 쉽지 않음을 말해준다

한 해의 마지막 길목에서
나무도 나이테로 둥근 한 살 더 먹고
열심히 살아온 만큼
쭉쭉 뻗은 가지들의 품은 꿈이 단단하다

눈보라가 몰아쳐도
겨울나무는 쉬지 않는다
지난 얘기 들려주며
쉬는 듯 동면하는 듯 하늘 우러르며
지금
새봄 위해 생명 키우고 있다

갈꽃

티 하나 없이 파아란 가을 하늘
눈부신 햇살이
늦가을 갈꽃을 춤추게 하고

한여름 내내 초록 물결 이루며
안으로 안으로 성장하여
마침내 피워 올린 갈꽃
모두가 한 몸 되어 아름다운 가을이 되며

갈대 사이 산책로 걸어가는
너도나도 가을 동화처럼
저무는 늦가을 담은 한 장의 추억이 된다

갈색 꽃으로 가을을 빛낸 갈대
다가오는 겨울 내내
사각거리는 가을의 소리 전하며
부드러운 갈꽃
벌교만을 지키리

꿈을 키우다

바닷가 돌 틈 사이
솔방울 씨앗 하나 싹을 틔워 자란 지 4~5년
어린 소나무지만 제법 늠름하다
벌써 새순도 쑤욱 올려 세상 향해 꿈꾸고 있다

먼 곳에서 날려 와
돌 틈 척박한 곳에 떨어졌지만
소중한 생명 포기하지 않고 뿌리를 내렸다
몇 번의 태풍도 이겨내고
날마다 소금 품은 바람이 얼굴 때려도
어린 소나무 꿋꿋이 자라
아침마다 먼발치의 엄마 소나무와 안부 나눈다
바라보는 것만으로도 힘이 되고 기쁨이지만
돌 틈새에서 커갈 내일이 걱정이다

바닷가 돌 틈 사이 어린 소나무
햇살 받아 초록 윤기 빛나고
꿈에 대한 의지가 바다처럼 강하다

꽃보다 단풍

늦가을의 따뜻한 가을볕이
꽃송이를 유혹했을까
작은 사찰이 온통 고운 단풍인데
단풍 속에 분홍빛 철쭉꽃 두어 송이 피었다
오색 단풍 모두가 꽃이며
지나가는 여인도 단풍색 물들어 꽃이 되는데
살짝 얼굴 내민 철쭉꽃, 찬 바람이 걱정이다
모든 것은 때가 있는 법
가을에 피어
환영받지 못한 꽃송이
철 모르는 꽃이라고 구박을 받아도
꽃은 꽃이라며
당당히
단풍 속 가을을 더 곱게 빛낸다

사과꽃을 따다니요

긴 겨울 버티며
새봄을 맞아 맺힌 사과꽃 봉오리
설레는 마음으로 세상을 본 지 하루 만에
싹둑 목이 잘린 채 땅에 떨어졌다
너무 많이 피었다고
가을에 사과 몸값을 올려주기 위해서라고
갓 핀 사과꽃 송이
땅에 수북하다

가정마다 아이들 웃음소리 넘쳐나던 시대
둘도 많으니 하나만 낳아 잘 기르자던 TV 광고가
전국을 휩쓸던 기억 생생한데
그 후 30년도 못 되어 출산율 최하위 대한민국
이젠 아이들 웃음소리가 귀하다

세상 구경 못 한 어린 생명
그리고 하루 만에 목이 잘린 사과꽃
너무 억울하다

5월이 갑니다

비 온 뒤
파란 캔버스에 뭉게구름 몇 조각,
햇살이 눈부신 5월이 갑니다

꽃잎 지고 돋은 새순
날로 초록 물결 짙어지는
신록이 찬란한 5월이 갑니다

숲을 지나온 맑은 바람
부드러운 자연의 향기 전해주는
바람이 상쾌한 5월이 갑니다

가족의 사랑과 아픔을
다시금 되새기며 다짐하는
마음 따뜻한 5월이 갑니다

5월은
또 그렇게 우리 곁을 떠나갑니다

매화 길 걸으며

북풍이 몰아쳐도
매화의 꿈은 꺾이지 않는다

한겨울 잘 버틴 후
조심조심 봄기운 느끼며
가지마다 올망졸망 꽃눈 내민
매화

봄 가득한 매화 길 걸으면
연인 되고 백년해로한다 해서
사랑 담은 걸음걸음 여기저기 눈에 띈다

겨울 외투 벗고
매화 길 걷는 순간
봄은 이미 내 어깨에 앉아 있다

가을 전어

선선한 가을바람과 함께
가을 바다 이야기 가득 안고
올해도 우리 곁을 찾아온 반가운 전어

상추쌈 양 볼 가득 오물거리고
노릇노릇한 전어구이 오독오독 씹어 삼키고
온갖 양념으로 버무린 새콤달콤한 전어회 무침으로
밥 한 공기 뚝딱 비우면
저절로 행복한 미소가 번진다

그러나
거미줄에 걸려 파닥거리는 나비처럼
바다 그물에 걸려 애처롭게 두 눈 뜬 채 가쁜 숨 몰아쉬며
뻐끔뻐끔 무슨 말인가 하는 그 모습
눈에 아른거린다

그래 마지막으로 무슨 말을 하고 싶었을까

잠시 생각이 멈춘다

긴 여정

이른 아침
거실 창문 여는데
거실 바닥에 작은 초록 몸짓 보인다
가까이 보니 아주 작은 초록 애벌레 두 마리다
어떻게 애벌레가…?
아, 어젯밤 주방 싱크대에 얹어놓은,
지인의 무농약 텃밭에서 따 온 채소 꾸러미였구나

저들에겐 천 길 낭떠러지였을 텐데
본능적으로 빛을 찾아 내려와
밤새 기었을 저 수고로움,
서로 눈빛 주고받으며 힘들게 기어 왔을 긴 여정
늦게 출발한 한 녀석은 냉장고 앞에서 쉬고 있다

무럭무럭 자라 나비 되어 훨훨 날아가라고
조심조심 신문지에 올려
옥상 화분의 어린 케일잎에 올려놓았다

산다는 것은

지하철 가는 길
오가는 사람 많은데
비둘기 한 마리 절뚝거리며 먹이 활동을 한다
가만히 보니 한쪽 발의 발가락이 없고 뭉툭하다
그래도 아픈 발 절뚝거리며
기죽지 않고 씩씩하게 먹이를 찾는다
사람이 오면 비켜주고
때로는 허공으로 날아올랐다가 다시 내려와
절뚝거리며 두리번두리번 먹이를 찾는다
상처가 아물 때까지 얼마나 힘들었을까
그 아픔 딛고 이렇게 씩씩하게 살아간다
살아가면서 겪는 고통
결코 누구도 대신할 수 없다
오롯이 자신만이 참고 이겨내야 한다
상처 안은 비둘기
절뚝이며 가볍게 하늘 향해 날아오른다

가을의 소리

장난기 많은 바람에 휩쓸려
산책길 모퉁이에 처박힌 낙엽들
서로 눈인사 나눈다
초록으로 하늘을 가리던 때가 엊그제인데
세월 참 빠르다며 저마다 고운 맵시 다듬는다
따뜻한 가을 햇살로
하루가 다르게 가벼워지는 낙엽들
바람이 지나갈 때마다 마른 몸 부딪치며
바스락바스락 가을의 소리 전한다
고운 빛깔로 사랑받던 때가 어제지만
갈색으로 말라비틀어진 오늘
으깨지는 비명 소리가 가을의 소리라며
지나가는 사람들 그저 밟고 또 밟는다
몸이 가루가 되는 아픔으로
비로소 낙엽은 새로운 생명의 밑거름 된다

섬진강을 그리다

한 해의 마지막 날 찾은
섬진강 변에 자리한 작은 미술관
섬진강 포구와 갈대밭
그리고 강변의 평화로운 풍경을 담은
맑은 색채의 수채화와 드로잉
작품 하나하나가 섬진강을 품고 있다
꽃차 한잔 마신 후 작품 배경을 찾아 나섰다

유유히 흐르는 짙푸른 섬진강
강변의 드넓은 땅엔 어린 채소가 초록 물결 이루고
군데군데 섬진강을 지키는 대숲과 소나무
지나가는 나그네를 반갑게 맞아준다
언제나 강을 바라보는 갈대와 억새도 사각사각
미처 떠나지 못한 씨앗들, 뒤늦게 하늘로 날아가고
강둑을 거니는 내내
도시 생활에 물든 나를 다독이며
잠시나마, 철들지 않아 행복했던 어린 시절을 선물한다

해가 기울자 검은 먹구름 몰려오고

눈발 날리는 섬진강 변 걷는 추억 안겨준다
이 길, 저쪽에 새봄이 걸어온다

작은 새 가슴에도

새들도 아침이면
오늘 할 일을 생각한다

어린 새끼 데리고
새 사랑 할머니가 준비해 둔 아파트 베란다에 가서
어린 새끼에게 먹여주고 어미도 먹고
물 한 모금 마신 후
후다닥 목욕까지 하고 자리를 뜬다

새들은 모이가 많아도 욕심부리지 않는다
다른 새들도 온다는 것을 알기에

새들도 건강한 겨울을 보내기 위해
허공도 날고
나뭇가지 오르내리며 운동도 한다

귀여운 참새의
저 작은 가슴에도 깊은 생각 있나니

행복한 풍경

해가 많이 기울어진 오후
어린이집에서 세 아이를 데리고 나오는 아이들의 아빠
아이들이 참 예쁘고 귀엽다
옷도 모두 똑같고
여자아이들은 머리도 똑같이 양 갈래로 묶었다
네 살쯤의 여자아이는
아빠 손 꼭 잡고 걸어가고
세 살쯤의 남자아이는
큰 가방 메고 기우뚱기우뚱 씩씩하게 앞서 걸어가며
여섯 살쯤의 여자아이는
아빠 뒤를 종종 따라간다

아빠와 함께 걸어가는 세 아이
저 모습보다 더 행복한 풍경이 있을까
세 아이의 엄마 생각이 빛나는 5월이다

계단을 오르며

한 계단 한 계단
앞만 보고 묵묵히 오르다 보니
어느새 20층
돌아보니 1층이 아득하다

학창 시절 지나 직장 생활
오직 앞만 보고 살아왔는데
어느새 정년퇴직,
돌아보니 긴 세월 까마득하나
주마등처럼 스쳐 가는 지난 시절이 선명하다

삶의 내리막길에서
나를 스쳐 간 희로애락애오욕喜怒哀樂愛惡欲을
가만히 들춰보며
나의 길 바르게 걸어왔는지
조용히 되돌아본다

그는 무서운 폭격기였다
-2021 올림픽 배드민턴 경기를 보며-

세계 랭킹 38위 대 1위의 대결

지금껏 한 번도 이긴 경험이 없는 상대

그것도 홈그라운드의 이점을 안고 있는 상대 선수

한국의 허광희 대 일본의 모모타 선수다

시작부터 5대 10으로 불리한 상황을 결국 역전으로 이끌며

게임 스코어 2대 0으로 완승한 허광희

때론 부드럽게 넘기고

때론 매처럼 빠르게 공격하고

때론 허공에 치솟아 폭격기처럼 내리꽂는 강력한 스매싱

그 위력 앞에 상대 선수는 속수무책

좌로, 우로, 센터로

자유자재로 내리꽂는 스매싱은 공포의 대상이었다

강력한 금메달 후보를 무릎 꿇려

일본 안방 시청자들에게 절망감을 안겨준

우리의 자랑스러운 아들 허광희

그의 거침없는 공격은 수많은 땀의 결실이리

1위를 꺾겠다는 투혼으로 상대를 혼비백산케 한

자랑스러운 쾌거였다

봄

봄비 한 방울 적셨을 뿐인데
새순 빼꼼히 얼굴 내밀고

봄 향기 한번 날렸을 뿐인데
맑은 시심詩心 돋아 시 향기 가득하며

봄바람 한번 스쳐 갔을 뿐인데
오래전의 그녀 내 가슴 설레어놓는다

봄엔
모두가 새롭다

수박

넓은 텃밭에서
햇살과 마음껏 나뒹굴던 수박
지금 과일가게 상자에 산더미처럼 쌓여
몸 한번 뒤척일 수 없다

시원한 자연 바람 그립지만
햇살과 바람의 무늬만 추억으로 빛난다

잘 익은 수박
칼이 닿자 얼음장 갈라지듯 쫙 갈라진다
그 소리 경쾌하면서도 아프다
까만 수박씨는 세상이 낯설고…

한 입 한 입 베어 먹을 때마다 터지는 과즙
수박씨 하나하나에서
어릴 적 원두막 추억이 톡톡 튀어나온다

요염한 장미

긴 담장 위 활짝 핀 덩굴장미
5월의 태양보다 빛나며
매혹적인 색과 향기로 유혹한다

아름다움 뽐내며
얌전한 척
풍성한 꽃송이 고개 숙여
향기에 취하게 하는 저 요염한 꽃
그 유혹에 눕지 않을 이 누가 있으리

장미꽃보다 예쁘다며
장미꽃을 가슴에 품는 아가씨
어느 꽃이 더 꽃 중의 꽃인가

덩굴장미도
아가씨도
5월의 하늘만큼 싱그럽고 향기롭다

장도, 마음을 씻어주다

진섬다리*를 건너 장도에 닿으면
정겨운 초가지붕 같은 부드러운 능선이 펼쳐지고
섬 주인인 고라니 장끼 들꽃이 인사한다

탁 트인 전망대 앞엔
남해의 푸른 풍경이 한 폭의 수채화고
하얀 점선 너머 멀리 자리 잡은 섬들도
이웃 되어 손짓한다

하루에 두 번 길이 닫혀
지친 파도와 함께 오수를 즐기는 장도
섬도 사람도 평화롭고
시와 그림에 취해 섬은 온통 예향藝香으로 넘실거린다

다리 하나 건넜을 뿐인데
하늘 공기 달라져
일상에 지친 이들의 마음을 씻어주는
그 섬 장도

* 장도의 옛 이름인 진섬(긴섬)으로 가는 다리(장도교).

2부

아내의 따뜻한 손

자정을 넘어 침실로 간다
먼저 잠이 든 아내가 혹 깰까
조심조심 이불 품에 안긴다
가슴 위로 두 손 곱게 올린 채
잠이 든 아내 손을 살며시 잡아본다
따뜻하다
손만 잡아도 마음 설레던
곱고 부드러웠던 아내 손도
이젠 세월의 흔적이 깃들어 있다

가족을 위해
한평생 헌신하며
시간을 벗 삼아 세월을 일궈온
소중하고 고마운 두 손

행복의 오아시스인
아내의 손
먼 훗날, 잡은 손 놓는 그날까지
꼭 잡고 아끼며 사랑하리

너 좋아해

나, 너 좋아해

그 말을 듣는 순간부터
그녀는 눈빛이 빛나고
얼굴엔 웃음이 넘쳐난다
발걸음도 통통 튄다

좋아한다는 말 한마디가
봄바람처럼, 무딘 가슴 설레게 하고
하는 일마다 즐겁고
모든 것이 아름다우며
순간순간이 행복하다

나, 너 좋아해

듣는 이도
말하는 이도
행복의 무지개에 감싸인다

행복한 두 바퀴
-딸 결혼 축시-

맑은 가을 하늘 아래
파아란 행복 수북이 쌓인 들길을
두 사람이 탄 자전거 한 대 달려갑니다
인생의 새로운 출발점을 떠나 힘차게 달려갑니다

가을 들녘의 향기 속에
예쁜 사랑 속삭이고
둘만의 달콤한 미래 꿈꾸며
해맑은 웃음 안고 행복하게 달려갑니다

그 모습 너무 예뻐
지나가는 바람도, 따뜻한 가을 햇살도
사랑과 행복 가득 담아
말없이 축하해 줍니다

서로의 마음 모아질 때
가는 방향 흔들리지 않고
서로의 정성 다할 때
행복한 인생 펼쳐집니다

오늘의 설레는 사랑 가슴 깊이 안고
두 팔 벌려 희망찬 미래 맞이하는 신랑 신부
마음 가득 축하합니다

그대여, 감사합니다

봄볕이 따스한 4월
연분홍 실크 블라우스 나풀거리며
기다리던 임 만나듯
한 발 한 발 내 곁으로 걸어오는
그대를 볼 수 있음에 감사드립니다

고요한 오솔길에서
살포시 그대 허리 껴안으면
맑은 두 눈에 사랑 가득 담아 쳐다보며,
고운 사랑 전해주는
그대의 따뜻한 체온에 감사드립니다

온통 봄빛으로 물들어 가는 들녘처럼
온통 사랑빛으로 물들어
나 그대의 문 두드리고 싶은,
싱그러운 초록 향보다 더 큰 설렘 주는
그대의 향기 품을 수 있음에 감사드립니다

이 4월에
그대와 함께할 수 있어 참 행복합니다

빛난 피아노 연주

35년 동안 학생들과 함께 살아온 교직 생활 퇴임식장
제자들 곁을 떠나는 나의 마지막 수업에 이어
선생님과 제자의 중창 〈인연〉이 끝나고
소개받고 피아노 앞에 앉은 첫 부임 학교인 해남 북평중 제자
오승희
가녀린 손의 섬세한 움직임에 따라
여리고 웅장하며 경쾌한 선율이 식장 가득 울려 퍼졌다
연주가 끝나자 500여 명의 학생과 선생님들로부터
뜨거운 박수를 받는 제자가 대견스럽기만 했다

오늘의 연주를 위해 오랜 기간 준비하고
식장에 참석하기 위해 하루 연차 쓰고 내려온 제자
사춘기 어린 소녀에서 어느새 예쁜 숙녀가 되어
옛 스승의 퇴임식 날 빛나는 피아노 연주를 선물해 준 제자
한없이 고맙고 사랑스럽다

항상 가정보다 학교가 우선이어서 아내에게 미안했지만
교육자여서 행복했던 나의 교직 인생의 마지막 퇴임식 날
멋진 피아노 연주로 식장을 빛내준

오승희, 정말 고맙고 사랑한다

그리고 가득한 사랑으로 퇴임식장을 빛내주신
여천중 학생들과 선생님들, "사랑합니다"

꽃 속 영랑 오빠

2월 어느 날의 영랑 문학관
눈발이 날린다
"와! 영랑 오빠다"
젊은 여성 10여 명이 영랑 선생 동상 곁으로 다가간다
어떤 여성은 나란히 앉고
어떤 여성은 어깨에 손을 얹고
어떤 여성은 뒤에서 안고
어떤 여성은 연인처럼 다정하게 서고
어떤 여성은 영랑 오빠 옆모습을 지그시 바라보고…
모두가 빙 둘러서서 찰칵하며 순간을 잡는다
"영랑 오빠, 멋있다"
"영랑 오빠, 내 오빠야"
"아니야, 우리 모두의 오빠야"
소녀처럼 깔깔거리며 한참 수다를 떨더니 문학관 안으로 들어간다
곁에 앉아도, 손을 잡아도, 지그시 바라봐도, 삥 둘러 감싸도
영랑 오빠 표정은 한결같다
꽃들에 감싸여 행복한 듯 아쉬운 듯, 내색하지 않는다

모두가 떠난 그 자리

나도 영랑 선생 곁에 앉아본다
반기는 듯 옆자리 내주지만 그 자세 그 표정 여전히 변함없다

차가운 돌 위에 말없이 앉아 있는 영랑 선생님
세월이 가도 묵묵히 고향을 지킨다

형님, 보고 싶습니다

내가 고3 때
아버지께서 돌아가시고
형님은 그때부터 장남 역할을 하셨습니다
칠십 평생을 농사 하나로 많은 동생들을 가르쳐 출가시킨 후
이어서 형님의 자녀들을 뒷바라지하시고 보살피시며
평생 가족만을 위해 헌신하셨습니다
형님 내외분 덕분에 동생들은 모두 건강히 독립했습니다

동이 트면 들로 나가 어둠이 깔린 뒤에야
지친 몸 이끌고 보금자리로 돌아오신 형님
힘든 농사에 담배만이 위안이 되어
하루 두세 갑이 부족하셨다는 사실도 나중에야 알았습니다
그래서 폐암을 얻으셔서 중환자실에 누워
수많은 호스로 겨우 호흡만을 이어가며
사경을 헤매실 때도 우리는 아무것도 할 수 없었습니다
힘들어하시며 퉁퉁 부은 손발이 눈에 선합니다
자녀들이 가도 동생들이 가도
주무시듯 손끝 하나 움직이지 못하시고
오직 의료기기 소리만이

정적을 깨던 병실을 생각하니 다시 가슴이 멥니다

오늘이 벌써 형님 기일 5주기지만
다친 다리 때문에 참석하지 못해도
형님은 지금 동생 곁에서 환하게 웃고 계십니다
생전에, 출가한 동생들이 가면
언제나 환하게 웃으시며 좋아하셨던 그 모습 그대로 말입니다
부모님 산소 가까이
홀로 누워 계시는 형님 산소가 선명합니다
다시는 아버지 같은 형님을 부를 수도, 볼 수도 없다는 사실에
하관할 때 어찌 그리 슬프던지요
오늘 저녁
자녀들과 동생들을 잘 보고 가셨는지요
형님, 보고 싶습니다

당신

당신은
나를 볼 때마다
맑은 눈빛으로 소중한 마음 주는
참 따뜻한 사람입니다

당신은
사랑앓이로 열꽃이 필 때마다
내 가슴에 안겨 촉촉한 입술로 속삭여 주는
참 사랑스러운 사람입니다

당신은
가끔 힘들어할 때마다
따뜻한 미소로 삶의 용기 불어넣어 주는
참 고마운 사람입니다

당신은
함께 있어 행복하고
평탄치 않은 인생길 걸으며 사는 얘기 나눌 수 있는
언제나 좋은 사람입니다

비구니 스님 이야기

출가 동기인 두 비구니 스님이
초록이 깊어가는 5월에 만나
맛있는 수다를 떤다
지나가는 바람에도 깔깔거리고
된장을 담그면서도
피자를 만들면서도
그리고 차 한잔을 마시면서도 수다는 끝이 없다
40대임에도 사춘기 소녀마냥 수다가 예쁘다

스승 스님 찾아
머윗잎 한 묶음 묶어
꽃다발이라며, 초록 돈다발이라며 건네면서
깔깔대는 웃음소리가 산사에 가득하다
웃음소리도 미소도 얼굴도 5월 햇살처럼 싱그럽다
돗자리 깔고 손수 빚은 만두 먹으며
소풍 나온 기분이라며
해맑은 웃음 지으며 깔깔대는 비구니 스님들!
행자 시절 너무 자고 싶어
큰 항아리에 들어가 1박 2일을 잤다는 무여 비구니 스님

무엇을 찾아 그 힘든 시절 견디고 여기까지 왔을까?

꿈꾸는 열아홉에 긴 머리 삭발하고
내 안의 부처를 찾아 산사로 들어온 비구니 스님
곱디고운 얼굴, 티 없이 맑은 모습이 5월 햇살처럼 밝다

오순도순

남편이 좋아한다고
지인의 텃밭에서 고구마 순을 꺾어 왔다
껍질 벗기는 일이 쉽지 않지만
눈빛 주고받으며 조심조심 끝까지 벗겨낸다

또
남편이 좋아한다고
백도 한 상자 사 왔다
말랑말랑한 우윳빛 복숭아 서로 마주 보며 먹으면
향긋한 과즙만큼 행복도 달콤하다

부부가 함께 나물을 손질하고
과일 한 조각 나누며 눈빛 주고받을 때
오고 가는 일상 얘기 수북하다

오순도순 나누는 얘기 속
일상의 어려움도 작은 희망 되어 돌아오고
서로의 아픔도 덧나지 않게 감싸준다

오순도순,
함께 사는 힘이 된다

호정 님, 슬픔을 다독여 주세요

임이 떠나시던 날
빈소에 자리한 평소의 아름다운 모습이
무척 슬퍼 보였습니다

호정 님,
그날 몸을 가누지 못할 정도로
슬픔을 토로한 벽초 님을 지켜보셨나요?
임이 가시고 겨울 지나 봄이 왔지만
지금껏 임을 잊지 못하며
임을 찾아 헤매는 벽초 님의 마음을 아시나요?
예술의 길을 함께하며
서로의 버팀목이 되어온 순정의 아픔을
차마 가슴에만 묻어둘 수 없는 벽초 님의 마음을 어찌합니까?
호정 님의 평소 인품과 예술의 열정을
무척이나 소중히 여겨온 벽초 님이시기에
지금도 떨리는 슬픔을 감추지 못합니다

호정 님!
이젠 슬픔을 내려놓고 예술의 길에 더 정진하도록

하늘에서, 곁에서 바라보고 있다고
벽초 님의 슬픔을 다독여 주세요

올봄엔 보고 싶다

지난 봄
너를 만날 수 있었던 것은
우리들의 행운이었어

나이 들었음에도 지적 아름다움을 갖춘 너
웃는 모습이 예뻐
우리들은 그런 너를 좋아했었지
만나는 사람마다
상냥한 미소로 따뜻한 마음 주는 너였기에
우리들은 그런 너와 함께 걷기를 원했지만
넌 언제나 일정한 거리 유지하며
우리들의 마음 모른 척했지
그러던 어느 날
올 때처럼 가벼운 인사와 함께
훌쩍 떠난 너
우리 모두 허전한 마음 감추지 못했어

이젠 가끔씩
허공에 얼굴 그리며 추억으로 간직된 너

다시 너를 만나면

달려가 꼬옥 안아줄 거야, 숨이 멎도록

생일 선물

생일 며칠 전 아내가
"생일 선물 뭐 사줄까?"
"음, 비싼데…"
"뭔데?"
"상냥한 여자 하나 사줘"
나도 모르게 툭 튀어나온 말
순간 아내는 웃음이 터졌지만
나의 진심 반 농담 반이 담긴 그 말에
아내가 상처받지 않았을까 걱정된다

어떤 일이든 완벽하게 처리하고
남매 낳아 건강하게 잘 키워주고
남편 내조 으뜸이어서
항상 자랑스러운 아내지만
이젠 조금은 상냥해진 아내랑 살고 싶다
내 사랑 그대여!

숲속 벤치에서 잠자는 여자

꽃밥정식으로 배를 든든히 한 후
숲속 정원을 찾았다
지리산 자락에 자리 잡은 구례정원
조용하고 아늑하다
올라온 만큼 멀리 보이는 풍경
상쾌하고 깨끗하다

숲길을 걷다가 벤치에 앉으니
솔 향이 가득하다
남편 무릎을 벤 아내는
금세 숲에서 잠자는 숲속 여인이 된다
살갗 스치는 간지러운 바람에
몸이 먼저 취했나 보다
세상 더없이 편안한 숲속에서 남편 무릎 베고 잠든
내 사랑 그녀
지금 꿈속을 거닐며 무슨 상상 하고 있을까

솔숲 품에 안겨
경쾌한 새소리와 함께한 휴식
몸도 마음도 상큼함 가득 안고 내려온다

영원한 소녀

첫 발령 학교 체육대회
응원하기 위해 곱게 분장하고 학생들 앞에서
열심히 춤추던 중3 소녀 현자 미성
어찌나 귀엽고 예쁜지…
그후 너희 둘은 나의 가슴에 빛나는 예쁜 별이 되었지

세월 흘렀어도
북평중 4년 동안의 체육대회와 봄가을 소풍이
어제처럼 선명한데
그사이 너희들의 아이도 이젠 엄마가 되었겠지

지금도 문득문득
중3 소녀의 모습으로 내 곁에 나타나
생글생글 웃으며 종알거리는 귀엽고 예쁜 녀석들
웃음과 행복과 추억을 선물하곤 떠나간다

먼 훗날 기억 희미해져도
너희 둘은
영원히 내 가슴에 귀엽고 예쁜 소녀로 머물리라

모녀

빨간 신호등으로 바뀌는 교차로
브레이크를 밟으며 서서히 멈추는데
인도 한가운데 심상치 않은 표정의 모녀가 서 있다
두 갈래 머리에 원피스를 입은 네댓 살의 예쁘장한 여자아이는
똑바로 서서 전방을 응시하고
아이 곁에서 젊은 엄마는 어이없다는 표정으로 아이를 응시하고
아이도 엄마도 표정이 심각하다
"엄마는 내 마음 몰라"
"너는 엄마 마음 몰라"
모녀가 기 싸움을 하고 있다
지나가는 사람들 여자아이를 힐끗힐끗 쳐다보지만
아이는 아랑곳하지 않고 당당하다
신호가 바뀔 때까지 두 모녀 한마디 없이
온몸으로 자기 뜻을 지키고 있다

장모님, 나의 장모님

환하게 웃으시며
우리 사위 같은 사람 없다며
남들에게 자랑하시던 나의 장모님
그러시던 분이 지금은 요양병원에 계신다

처형께서
"엄마, 내가 누군지 알아?"
"알지, 큰딸 양명자"
"그럼 이 사람은 누구야?"
"몰라"
"어머님, 저 모르시겠어요? 둘째 사위"
"몰라요"

순간 가슴이 먹먹하다
지난번 면회 때는
"우리 둘째 사위지" 하시며 반갑게 맞아주셨는데
계절이 바뀌었을 뿐인데…
가족 하나하나 잊어가며
몸도 생각도 가벼워지신다

영특하시고 마음 따뜻하시던 나의 장모님이셨는데…
사랑하시던 아들도 딸도 며느리도 사위도 손주도
하나둘 잊어가신다

추석이 다가와도 처가에 갈 수 없는 현실이 슬프다

저렇게도 좋을까?

지하철 출입문이 열리자
많은 사람들 우르르 몰려 나간 후
손잡고 들어온 젊은 남녀 한 쌍
출입문 반대편으로 가더니 꼭 껴안는다
이마에 뽀뽀도 해주고
서로 눈빛 맞추며 설레는 사랑 나눈다
저 나이 저만치서 아름답다
지하철의 소란스러움도
지하철의 흔들거림도
저들에겐 달콤한 양념이리
손잡는 것도 부끄럽던 우리들의 그때가
격세지감이다
인생의 가장 뜨거운 청춘도
시간이 지나면 색깔도 무게도 향기도 변한다
돌아갈 수 없는 사랑의 계단
한 계단씩 오를 때마다 사랑은 깊이를 더한다
오늘따라 그리운
수십 년 함께해 온 내 사랑 그녀의
은은한 향기
꼭 안아주고 싶다

아내의 점심 특선

"여보, 식사하세요"
언제 들어도 반가운 목소리다

휴일 점심
아내가 오늘 선택한 특선 요리는 아내표 떡국
떡국 한 그릇에 나이 한 살 따라오던 어린 시절 생각하며
식탁에 앉는데
매생이를 넣은 진초록 국물 속에
보들보들한 하얀 떡이 쭈뼛쭈뼛 보이고
얼굴 감춘 쫄깃쫄깃한 꼬막 살에
숟가락 저을 때마다 군침 가득
감칠맛 나는 떡국이 혀를 요동치게 한다
향긋한 바다가 떡국 한 그릇에 가득 담겼다

두 그릇을 뚝딱 비우고 나니
아내가 더 예뻐 보인다

반찬 없이도 칭찬받는 지혜로운 아내
매생이떡국 한 그릇에 휴일이 배부르다

아빠와 딸

키 큰 아빠의 손 잡고
대여섯 살쯤의 딸아이가 체험학습장으로 들어온다
아빠 닮아서 다리가 길다
아빠가 준비하는 동안
딸아이는 고 귀여운 손으로 아빠 엉덩이 톡톡 치면서
무어라 말을 한다
표를 끊은 아빠 손 잡고 팔짝팔짝 뛰면서
아빠 한 번 쳐다보고
바닥 한 번 쳐다보고
또 아빠 한 번 쳐다보고…
체험학습장으로 들어간다

아빠와 딸은
엄마와 딸보다 더 애틋한 정이 오간다
말로는 다 하지 못한 아빠의 사랑이
아빠의 눈빛 속에 들어 있다

지금 저 모습이 최고의 행복이란 걸
오랜 세월이 지난 후 알게 되겠지
행복의 굴렁쇠가 아빠와 딸 따라간다

아내의 청바지

"여보, 여보
이젠 옷이 맞아, 이쁘지?"
아내가 청바지를 입고
전에 없이 환한 얼굴로 안방에서 나오며 자랑한다

무척이나 좋아했던 옷이지만
체중이 크게 늘어 입지 못하고
옷장 깊숙이 넣어둔 꽃무늬 청바지
얼마나 좋으면 하지 않던 애교까지 부릴까

놀라울 정도의 뱃살 때문에
구박을 받아도 잠시뿐
떡과 빵을 몰래 먹다가 들키기도 여러 번
자포자기 상태의 아내를 설득해
헬스를 시작한 지 5개월여
날마다 네 시간의 헬스와 걷기와 골프 연습으로
다시 찾은 예전의 몸무게

좋아하던 청바지 입고 외출하는 아내 뒷모습이 예쁘다

그대는 언제나 꽃

봄의 숨결 느끼며 피어난 꽃송이
빛깔과 향으로 길어야 열흘이지만
꽃다운 나이 지난 후 지금껏 그대는
언제나 아름다운 꽃입니다

봄 햇살처럼
곁에 있으면 마음 포근하고
생각만 해도 가슴 두근두근케 하는 그대는
언제나 싱그러운 꽃입니다

때론 재치 있는 유머나
가끔은 "오빠" 하며 코 먹은 소리도 하는 그대는
언제나 설레는 꽃입니다

살아가면서 겪는 가슴 아픈 일도
때론
너그러이 이해해 주는 그대는
영원히 꽃 중의 꽃입니다

제자를 멀리 보내다

새벽에 제자에게서 온 문자
불길한 예감이 들어 아침 일찍 전화를 했지만 연결되지 않는다

조카로부터 간 이식을 받기로 한 상태에서
무슨 일이 생긴 것 같아 걱정하다가
난 일상으로 돌아와 생활하던 중
제자 남편으로부터 온 부음 문자
청천벽력이다
두 달 전쯤에도 안부 통화 했는데…

졸업시킨 지 30년 만에 찾아온 전화 한 통,
그날 이후 가끔씩 전화해서 한참 수다를 떨곤 했던 녀석인데
아득한 중3 시절 친구들과 당시 선생님들의 이야기를 어쩌면 그
렇게도 자세히 기억하는지
그럴 때마다 난 총각 선생으로 돌아가 한참을 웃곤 했었는데…

"선생님은 다른 애들은 예뻐하고 저는 예뻐하지 않았어요 그렇
지만 저는 열정적인 선생님이 좋았어요 우리 시골 아이들을 광주
로 한 명이라도 더 진학시키기 위해 늦게까지 열심히 지도해 주셔

서 전 항상 감사하게 생각하고 있어요…"

  잊힌 오래전의 일을 사실대로 생생하게 들려주는 사랑스러운 녀
석이었는데…

  오십을 갓 넘긴 나이에 세상을 떠나다니
  남은 가족은 어찌하라고…

  시부모님에게도 할 말은 꼭 하면서도, 잘해드려서 사랑받고 있
다던 야무진 제자
  너무 허망하다
  너무 슬프다
  이제는 사랑스러운 그 녀석 목소리를 들을 수 없다
  사랑하는 연순아, 이젠 고통 없는 그곳에서 편히 쉬렴

그게 사랑이라오

가슴에 '행복' 명찰 달아주며
"오늘도 행복하세요"
가슴 토닥토닥해 줄 때
내 마음 행복하고

봄비 그친 산책로 함께 걸으며
스치듯 예쁜 미소 보낼 때
내 가슴 콩닥콩닥

근사한 풍경 앞에 생각나는 얼굴 있어
추억 한 장 떠올리며
지난 세월 아쉬워할 때
내 가슴 아련하고

마음속 깊은 곳에 사진 한 장 넣어놓고
수시로 살짝살짝 꺼내 보며
행복한 미소 지을 때
내 가슴 두근두근

3부

새싹, 아침이 바쁘다

외딴섬 보길도
바람이 곱게 쓸어놓은 이른 아침 백사장
그 모래밭에 내려앉은 작은 풀씨 하나
어렵게 새싹 틔운 지 며칠
키 작은 새싹 하나 아침이 바쁘다
이슬 받고 햇살 받아
아침을 준비하고
미세한 바람에도 온몸으로 노래한다
파도 소리 응원가 삼고
내리는 빗방울도
지나가는 바람 한 줄기도 반갑게 맞이한다
주어진 환경 탓하지 않고
꽃 피울 그날 기다리며
기쁜 마음으로
생명을 키워간다

좋다, 봄

봄옷 걸치고
봄길 거닐며
봄날의 행복 오래 느끼고 싶었는데
어느 순간 봄볕이 따갑고
봄옷이 거추장스럽다

하지만
짧은 봄이어도 참 좋다
슬쩍 떠나는 봄, 가만 내버려 두렴
내년이면 또다시 우리 곁 찾아오리

우리 인생
돌아보니 봄처럼 참 짧다
하루하루가 금방 가고…
그래도
우리들의 나날이 봄날 같으면 좋겠다

이 봄날에

진달래 산수유 뒤를 이어
초록 잎 사이 하얀 쌀밥 같은 이팝나무 꽃의
맑은 향기 가득한 이 봄날에

진한 옥빛 블라우스가
봄 햇살 속 그녀를 더욱 곱게 만드는
꽃 피는 이 봄날에

지나가는 봄바람도
함께하는 걸음걸음에 사랑 더해주는
빛이 좋은 이 봄날에

꽃빛 따라 마음도 분홍빛 물들어
용솟음치는 사랑의 세포로 밤새 뒤척이는
슬픈 이 봄날에

마음속에 자리한 그 사람 얼굴
그리고 또 그려본다

숲이 말하다

숲 둘레길 들어서니
닫혔던 심신이 자유를 찾아 훨훨 날아간다

편백 숲 벤치에 앉아
잠시 명상의 시간…
일상의 모든 것 내려놓고 숲에 안겨
숲과 하나 되니
나무들 사는 얘기 들려준다

햇살도 땅도
서로가 필요한 만큼만 가져도
모두가 건강하게 울창한 숲 만들고
한적한 오솔길 내줄 수 있다 한다

아침부터
잠자리에 들 때가지 종일 바쁜 우리
나무가 '생각' 하나 던져준다

4월, 수채화로 열리다

4월이 열립니다
새봄과 함께 찾아온 꽃샘추위로
한때 혼란스럽던 3월이 가고
포근한 4월이 열립니다

거리마다 온갖 꽃들 가득하고
꽃망울 터뜨린 산벚꽃도 설레며
갓 얼굴 내민 연둣빛 잎새들도 설렙니다
꽃을 피운
바람도 햇살도 설레며
숲도 설렙니다
그리고 사람들도 설렙니다

4월은
화가의 붓질로 펼쳐진 수채화입니다

가파도의 봄

봄이 손짓하여 일행과 함께 떠난
망망대해 한가운데 드러누운 작은 섬 가파도
뱃길 건너온 사람들 반갑게 맞이한다

유채꽃 벗 삼아 걷는 바닷가 둘레길
다른 세상 들어온 듯 발길마다 설레고
초록 향기 품은 청보리밭
풍경과 내가 하나 되어
가파도 하늘로 싱그러운 웃음 날려 보낸다

부드러운 햇살 곁에서
마주 앉아 차 한잔 마시면
해안가에 흔적만 남은 불턱*은
시퍼런 바닷속 해녀들의 애달픈 삶 얘기
잔잔히 들려준다

가파도를 찾는 사람들
모든 근심일랑 익살스러운 돌하르방에게 맡기고
바람결처럼 가볍게 배에 오른다

* 해녀들이 물질을 위해 옷을 갈아입고, 물질 후 불을 쬐는 곳.

꽃길

벚꽃은 욕심도 많지
지나가는 봄볕 모두 붙잡아
가지마다 꽃송이 한 움큼씩 매달았다

팡팡 터진 꽃송이처럼
지나가는 사람들 웃음소리도 경쾌하고
몸도 마음도 꽃물 들어 수줍다

봄바람 살랑 지나가면
분홍빛 꽃눈 사뿐사뿐 내려
고운 꽃잎 지르밟고 가라 한다

꽃길 걸어가는
어른도
아이도
오늘은 모두가 화사한 꽃이 된다

돌탑

봉화산 가는 길에
듬직한 돌탑 하나 서 있다
비가 오나 눈보라가 치나
돌탑 흔들리지 않고 오가는 사람들 지켜본다

세월이 흐를수록
탑은 높아지고
돌을 얹는 사람들 마음도 깊어진다
오면서 가면서
소망하는 마음 조심스레 얹고서
가벼운 발길로 가는 사람들
그 정성이 탑의 높이다

하나둘 돌이 모여 단단한 탑이 되고
하루 이틀 시간 쌓여 굴곡의 인생 되듯
돌탑 속에 인생의 답이 있다
나도 돌 하나 얹으며
자신을 가다듬는 마음 하나 얹어본다

새해의 소망

새해에는
아픈 발이 나아 마음껏 걸어 다니며
자연의 숨결을 느낄 수 있음에 감사하면서
마음 따뜻한 사람들과 시간을 함께하고 싶습니다

새해에는
바쁘다고 핑계 대지 않고
매일매일 신선한 지적 자극 받고
선물 받은 365일을 소중히 안고 살아가고 싶습니다

새해에는
여행 좋아하는 짝꿍과 함께
발길마다 펼쳐지는 새로운 세상 온몸으로 느끼며
설렘 가득 안고 자유롭게 여행도 하고 싶습니다

새해에는
일상에서 일어나는 크고 작은 걱정들을
하하하 너털웃음으로 날리며
지나가는 바람처럼 햇살처럼 가볍게 살고 싶습니다

새해에는

내 몸 하나하나 소중히 여기고

날마다 새롭게 피어나는 하루하루에 감사하며

세상 모든 사물에 시선 멈춰, 맑고 따스한 시를 쓰고 싶습니다

아쉬운 이별

이사할 때마다 버리지 못한 게 하나 있다
결혼 초 구입한 전축이다
음악을 들을 때마다
LP판의 곡들은 언제나 설레었다
때론 고운 선율로
때론 웅장한 리듬으로

세월이 흐르면
사람도 변하고 생각도 바뀌고
가구도 TV도 냉장고도 새것이 주인 된다
4반세기 이상을 함께한 전축
오늘은 이별을 할 때
정든 전축 내리고
새 오디오 올리자 방 안이 산뜻하다

하루아침에 방 한쪽으로 밀려난 전축
스피커의 큰 두 눈이 나를 응시한다
눈빛으로 작별 인사를 나누며
다행히도 재활용센터로 간다고 '말해 주자
애써 웃어 보인다

휴일 아침에

눈을 뜨니 창밖이 훤하다
세상모르고 잔 덕분인지
몸도 마음도 가뿐하다
커튼을 젖히자 하늘이 다가온다
파아란 하늘이 유난히 곱다
곁에는 아직도 아기처럼 쌔근쌔근 한밤중인 아내가 있다
꿈속에서 누구랑 대화하는 걸까
"날씨가 추우니까…"라며 중얼거린다
그 모습이 사랑스러워 볼에 살짝 키스를 해주자
"당신, 나 이뻐?" 한다
"응"
나도 모르게 튀어나온 말
그 상황에서 아니라고 할 수도 없고…
사랑을 확인한 아내는 다시 잠에 빠져든다
성큼 다가선 아침은 어서 일어나라 재촉하지만
포근하고 따뜻한 침대는 놓아주지 않는다
그래, 이 순간만큼은 세상 모든 것 다 잊고
좀 느긋하고 편안하게 행복을 느끼자
아내는 여전히 단잠에 빠져 있다

이를 어쩐다?

겨우내 언 땅이 녹고
봄 햇살 빗방울이 대지를 어루만지자
긴 겨울 숨죽여 웅크리고 앉았던 온갖 풀씨들
오늘을 기다리고 기다려
봄기운 안고 여기저기서 쫑긋쫑긋 세상 구경 나와
텃밭에 풀들의 새싹 가득하다

채소 외엔 모두가 잡초 되어 뽑아야 하는데 이를 어쩌지?
있어야 할 자리에 있지 않으면 뿌리째 뽑힌다는 사실도
때론 인간의 손은 무자비한 폭군이 된다는 사실도
그리하여 온몸이 시래기 같은 신세가 된다는 사실도 모른 채
오늘도 어둠이 걷히자 싱그러운 인사 나누며 아침 햇살 맞는다

서로 다른 얼굴들이지만
어둠을 벗 삼고
봄 햇살 나누며
모두들 꽃 피우고 열매 맺을 그날을 꿈꾸며
언 땅을 뚫고 나온 잡초의 저 어린 새싹을
어쩌란 말인가?

일곱 빛깔 감잎

호랑이보다 더 무섭다는
말랑말랑한 곶감을 만든 것도
바로 너였구나

만지면 터질 듯
보는 것만으로도 달콤한
선홍빛 홍시를 만든 것도
바로 너였구나

아삭아삭 맛있는 소리의
달콤한 과육의 단감을 만든 것도
바로 너였구나

햇빛, 바람, 이슬에
꽃바람 비바람에 찬 바람까지 맞고서야
노오란 감 빚어놓고
비로소 자신을 일곱 빛깔로 몸단장하고
자유롭게 낙하하는
감잎 하나

1월을 보내며

더 크고 붉은 해에게
한 해의 건강과 소박한 소망을 기원하며
새해 첫날을 시작했다

돌아보니
건강하게 걸을 수 있음에 감사할 줄 모르고
볼 수 있음에 기뻐할 줄 모르며
사랑할 수 있음에 행복함을 잊은 채
하루하루 시간에 쫓기며 살았다

1월 마지막 날
매서운 칼바람에 몰려온
하얀 눈송이가 하늘 가득하다
순간,
동심으로 돌아가 눈 속을 거닐어보지만
예전처럼 마냥 즐겁지만은 않은 것은 무슨 까닭일까

이제 1월의 시간들은 기억 속에 간직하고
2월의 시간에 꿈을 키워가자

망국의 가짜뉴스

갑신정변 실패로 역적으로 몰려 미국으로 망명한 서재필*
그의 부모 형제 처자식까지 모두 빼앗은 조선
생각만 해도 치가 떨리겠지만
외국 열강들에게 먹혀가는 조선을
그대로 두고 볼 수 없어
1895년 조국 떠난 지 10년 만에 미국 시민 필립 제이슨으로 귀
국한 그는
내각 자문 기구 고문으로 활동한다
독립협회를 조직하고 독립신문을 창간하여 민중의식 일깨우고
일요일마다 토론회**를 개최하며
만민공동회를 열어 백성의 눈과 귀를 열어주고
고종을 설득하여
1898년 11월 4일 조선의 역사상 첫 의회 설립을 공표한다
대한제국 희망의 동이 트던 날
친일 친러 보수파에 의한 가짜뉴스가 한성을 덮쳤다
독립협회가 박정양을 대통령으로
윤치호를 부통령으로 도모한다는 가짜뉴스에 휘둘린 고종은
의회 설립안을 폐기, 독립협회 간부 187명을 체포하고 독립신문
을 폐간했으며

내각은 친일 친러 세력의 수중에 들어갔다
성난 1만여 민중이 덕수궁에서 장작불을 피우며
4차 만민공동회로 철야 시위에 들어갔지만
시위 17일째 고종은 보부상과 군대를 동원하여
민중의 시위를 무참히 짓밟고 개혁의 싹을 잘라버렸다

그날 이후
대한제국은 긴 암흑 속으로 추락하고
5천 년 역사는 맥이 끊어지고
대한제국 동포는 비참한 식민 노예로 전락하였으며
평화롭던 한반도는 핏빛으로 물들었다

대한제국의 고통은 지금도 계속되고 있다
망국의 가짜뉴스는 여전히 호시탐탐 노리고 있다

* 1864~1951. 보성 출생. 18세 때 과거 급제. 갑신정변 실패로 미국으로 망명하여
온갖 고초를 겪으면서 의대를 졸업했다. 의사 자격증을 따고 미국 시민권을 얻었
으며 미국 여성과 결혼, 다음 해에 귀국하여 중국 사신을 영접하던 영은문을 헐고
독립문을 세웠다.
** 당시 한성 인구는 20만 명이었으며 토론회에는 500여 명의 방청객이 참석했다.

산불이 났습니다

-상사화 축제-

산불이 났습니다
온 산이 활활 타오릅니다
상사화가 온 산을 붉게 물들였습니다
사람들 마음도 얼굴도 붉게 물들어 갑니다

아이도 어른도 걷고 걷습니다
걸어도 걸어도 발걸음이 가볍습니다
불구경 나온 사람들 너도나도 행복합니다

숲속엔 그리움도 가득합니다
꽃과 잎 만날 수 없어 보고픈 마음 허공으로 보내며
그리운 마음 오롯이 전하고 싶어 가녀린 꽃대 길게 올립니다

꽃은
끝내 보고픈 마음 안으로 접고 서둘러 떠납니다

고추잠자리의 사랑

여왕벌의 사랑 방법이 부러웠을까?

깨끗한 가을 햇살이 눈부신 정오 무렵
하늘이 더 가까운 21층 옥상은
많은 잠자리들로 시골집 마당이다
한 해 열심히 살아온
앵두나무 대추나무가 초대했을까?
할 일을 다 마친 빨랫줄도
한가로이 자리를 내주어
놀다가 지친 잠자리들 쉼터가 된다
살금살금 다가가면 '메롱' 하며 날아간다
이때다 싶게 잠자리 한 마리 하늘로 치솟고
다른 잠자리 재빠르게 뒤쫓는다
높이, 아주 높이 아스라이 보이다가
마침내 한 점으로 사라진 잠자리 두 마리
해가 기울도록 내려오지 않았다
잠자리의 사랑, 참 길다

꺾인 죽순의 꿈

죽순 겉껍질을 벗기자 드러나는 속껍질
한 꺼풀 한 꺼풀 벗길 때마다
그 어떤 비단결보다 곱고
그 어떤 색감보다 아름다우며
그 어떤 것보다도 정갈하다
대나무의 올곧은 성품은 결코 우연이 아니었다

몇 번을 만져야 겨우 찾을 수 있는 결
한 겹은 오른쪽으로
한 겹은 왼쪽으로
한 치의 오차도 없다
촉촉하고 부드러운 속살
숨어 있는 어린 대나무 가지는
몸이 잘리고 껍질이 벗겨진 줄도 모른 채
엄마 품에 안긴 아기처럼
앙증맞게 세상 나갈 꿈을 꾸고 있다

오늘
잃어버린 죽순의 슬픈 꿈을 읽는다

지금도 풍류가 흐른다

완도 화흥포항에서 뱃길로 40분
바다 한가운데 우뚝 선 보길도

청나라에 항복한 조선이 싫어
세상을 등지고 자연을 찾아 떠난 고산 윤선도
30년을 넘게 풍류를 즐긴 그곳엔
경관이 물에 씻은 듯 깨끗하여
기분이 상쾌해지는 세연정洗然亭이 있다
400년 풍파 속에서도 반듯하게 위용을 자랑하고
그 곁에 함께한 노송 한 그루
말없이 세월을 보여준다

모시옷 곱게 입고
세연정 한가운데 앉아
자연에 취하고
음악과 문학에 취하며
술을 벗 삼은 풍류 시인 노선비
낭랑한 목소리로 어부사시사 한 수 읊어주신다

호박 넝쿨의 모성

오랜만에 옥상에 올라갔습니다
초겨울 추위가 스쳐 간 흔적들이 여기저기 보입니다
사과·대추·앵두나무 잎들은 나무 밑에 수북이 쌓였으며
고추·파프리카는 초록 잎 몇 개 달고
아직도 어린 열매 키우느라 애쓰는 모습이 안쓰럽습니다
데크 뒷면 화분엔 4월에 심은 호박 모종 두 그루가,
꽃만 피고 왜 호박이 안 열리느냐는 아내의 푸념을 들었는지
늦게서야 호박이 열렸습니다
발이 아파서 관심도, 사랑도 주지 못해 많이 미안했습니다
세상의 열매는 관심과 사랑의 결실인데 말입니다
호박 넝쿨 줄기는 말라비틀어지고 호박잎은 바삭바삭 부서져도
주먹만 한 호박 하나 파랗게 커가고 있습니다
뜨거운 옥상에서 꽃을 많이 피웠지만
마침내 단풍 든 가을에서야 애호박 하나 맺었습니다
모성의 힘은 식물도 마찬가진가 봅니다
추운 겨울 이제 그만 편히 쉬라고 애호박을 따는데
어찌나 단단히 붙어 있던지…
몸이 부서져도 어린 생명을 키우는 모성
호박 넝쿨은 말없이 보여주고 있었습니다

탁발

산사를 벗어나
속세를 떠도는 탁발수행은
자신을 버리고 부처 세계로 가는 길

서재에 앉아
책 펼쳐 읽는 것은
자신을 채우고 지혜 세계로 가는 길

버리고 채우는 것
나를 찾아가는 수행의 길
나를 탁발하는 길

무당벌레, 봄을 알리다

아직도
북풍의 찬 공기가 맴도는 둘레길
겨울옷 입고 걷는데
작은 몸짓 하나 발 앞에 내려앉는다
가던 길 멈추고 가까이 가보니
무당벌레 한 마리 날개를 접고 바쁘게 기어간다
아, 봄인가 보다
이 어린 생명이 봄을 안고 왔구나
유난히 춥고 길었던 겨울 한파를 잘 견디고
오늘 이렇게 봄의 전령사로 왔구나

그래, 겨울을 벗고 봄을 입자

동병상련 同病相憐

창가에 앉아
베란다 화분에 갇힌 열대성 나무들을 본다
지금껏 휴일 오후면 물을 흠뻑 주고
잘 자라는지를 살폈는데
오늘은 다르게 다가온다
동변상련일까
다리를 다쳐 몇 개월째 집 안에 갇힌 내가 겹쳐 보인다

따뜻한 봄바람도
온몸 적셔주는 시원한 빗줄기도
눈보라 몰고 오는 칼바람도
모두 느낌으로만 알 뿐
오로지 유리창 너머 손길 주는 햇살만 향하다 보니
온몸 삐뚤어져 간다

모든 것을 체념하고도
강한 생명력 하나로 버텨가는 화분 속의 나무들
물 한 방울 햇빛 한 조각도 소중히 여겨
오늘도 묵묵히 초록 잎 지키는 나무
아픈 마음 서로 나눈다

예쁜 성당

조용한 시골 마을에 자리한
작고 예쁜 성당
사람들 가슴속에 따뜻한 안식과 평화를 주고

주일미사 때마다 만나는
신부님과 형제자매님들
얼굴마다 평화 가득히 주님의 축복 기원하며

기도할 때마다
예수님의 고통과 사랑을 함께하겠다고
성호를 그으며 다짐한다

파란 하늘 아래에서 더욱 빛나는
성당의 십자가
오늘도
경건히 감사드리며 하루를 마무리한다

조화造花의 소망

꽃병에 꽂힌 채
1년 내내 같은 표정의 그녀가 있다
얼굴 마주할 때마다
언제나
생화로 다가오다 이내 본모습으로 돌아간다

질감과 향기만 다를 뿐
색깔도 꽃잎도 모습도 생화 같다
활짝 핀 꽃송이도
봉긋한 꽃봉오리도
10여 일을 살다 가는 생화보다 행복한 그녀

꽃병에 갇혀서도
울타리에 핀 장미꽃처럼
요염하게 화려한 아름다움을 보이고 싶은 그녀
촉촉한 생명은 없지만
영원한 생명 전하고 싶은 한 묶음의 눈길
꽃병 속 그녀는 행복하고도 슬프다

가을 산이 환하다

한 해를 마무리하며
평온한 겨울을 준비하는 늦가을

이른 봄부터 늘 다니던 산길
숲의 향에 취해 보지 못한
키 작은 꽃들이 이제야 눈에 들어온다

발걸음을 붙잡는
한 뼘 크기의 대여섯 꽃 가족
솔숲 사이 빛 받기에 분주하고
노랑나비 한 마리도 덩달아 바쁘다

그대, 그 좋은 시절 다 보내고
왜 늦가을에 꽃을 피우는가
차가운 밤공기를 벗해야 할 운명인가
늦게 찾은 벌 나비의 배고픔을 위한 배려인가

산길 그늘진 곳에 핀 노란 꽃 몇 송이
가을 산이 환하다

시베리아 횡단 열차를 타고

러시아 여행 나흘째
하바롭스크 일정을 마치고
머나먼 모스크바에서 6일 밤낮을 달려온
블라디보스토크행 밤 열차에 몸을 싣자
서서히 무거운 몸을 움직이기 시작한다
간이 테이블을 사이에 두고
우리 일행은 마주 앉아 가벼운 맥주 파티를 열고
이야기꽃을 피운다
"기차가 어둠을 헤치고 은하수를 건너면…"
은하철도 999 주제가처럼 어둠 속을 달리는 열차
처음으로 시베리아 횡단 열차를 탄다는 설렘 속에
모두들 작은 흥분으로 열한 시간의 여정에 꿈을 꾼다
밤중에 달리는 열차지만 멈추면 저마다 삶을 찾아 오르내리고
덜커덩덜커덩 요란한 소리와 함께 시간이 자정을 넘어서야
우리들은 각자의 침대 속으로 들어가
자기만의 시간에 안기고
나는 잠시 생각에 잠긴다
서울을 출발하여 평양을 거쳐 블라디보스토크
모스크바를 거쳐 파리를 지나 런던까지의 열차 여행

결코 꿈만은 아니리라
밤새 달린 열차
동이 튼 차창에 빗방울이 부딪치며
모스크바 출발 9288킬로미터의 종착지 블라디보스토크역에
가쁜 숨을 내쉬며 서서히 도착한다

국화

파란 하늘 아래
보랏빛 국화가 가을을 알린다
밤새 찬 기운 잘 견딘 아기 꽃봉오리,
그 곁 활짝 핀 꽃송이가 화분 가득하다

간지럽히던 봄볕의 유혹도
촉촉한 빗줄기의 속삭임도 이겨내며
살랑이는 가을바람이 곁이 되기까지
깊은 곳에서 꽃송이 키워왔다

모두가 겨울 준비에 바쁠 때
국화는 여유롭다
화려함으로 뭇시선 사로잡고
향기로 뜨락을 가득 채운다

게으름도 서두름도 없이
당당히 이 가을을 접수하며
생의 기쁨 맛본다

섬 그리고 다리
– 여수↔고흥 연륙교를 보며 –

매끈하고 아름다운 다리가
바다를 가로질러 하늘 높이 우뚝 섰다
낮엔 웅장한 자태로
밤엔 은은한 몸짓으로
섬마을 사람들을 설레게 한다

하루에 한두 번씩 울리던 뱃고동 소리도
이젠 추억이 되어간다
급할 때 언제나 바다의 자동차였던 어선도
이젠 할 일 하나 잃고
선착장에 묶여 파도와 노닐고 있다

뭍에서 섬으로
섬에서 뭍으로
차들이 달려오고 달려가는 저 매끈한 다리
이젠 생활의 비타민 되고
삶의 활력소 된다

어느 소나무의 독백

숲속에서 평화롭던 우리는
어느 날 무시무시한 전기 톱날에 숨 한번 못 쉬고
잘리고 뿌리째 뽑혀
아파트 숲 소나무 동산에 옮겨졌어
어둠이 내리자 달빛 대신 가로등이
밤새 우리를 내려다보고 있어 우린 서로 아픔을 나눌 수도 없었어
몸뚱이가 뽑힌 줄도 모르고
밤새 길 찾아 어둠을 뚫고 있을 어린뿌리며
아직도 핏방울 뚝뚝 흘리며
땅바닥에 나뒹굴 잔가지 생각으로 몸서리쳤어
잘린 아픔을
속으로 속으로 삭이며 살아오길 5년여,
상처보다 더 큰 슬픔은
함께 온 친구 하나가 갈색 옷 갈아입고 떠난 거였어
얼마 후 그 자리에 온 새 친구도 같은 길을 걸어갔어
이상하지?
지금 내 몸엔 옹이가 생겼어
아픔보다 더 큰 옹이가!

인간의 이기적인 생각이 평생 누군가의 가슴을 후빌 수도 있고
옹이 되어 영원히 남을 수도 있음에
사람들은 무심했어

따뜻한 붕어빵

교수님의 강의에 집중된 시선들이,
앞문을 살며시 열고 들어온 여성 문우에게 쏠린다
가슴에 품고 온 봉지 두 개를
쑥스러운 듯 미안한 듯 교탁에 놓으며
"교수님, 붕어빵 먹고 공부해요"
순간 교실엔 유쾌한 웃음이 터진다
조금 전 집중된 분위기는 온데간데없다
교수님도 주경야독하는 어른 학생들도 소년 소녀가 되고
붕어빵을 먹는 행복한 수다가 창문을 넘는다
수업 시간에 지각까지 하며
붕어가 익기를 기다리다
식을세라 품에 안고 종종걸음 친 마음이
붕어빵보다 더 따뜻하다
추운 겨울 호호 불며 먹던
따뜻한 추억이 꼬리를 문다
그래 겨울이구나
붕어 한 마리로 교실엔 행복이 가득하고
지금 창밖엔 함박눈이 내리리라

4부

목련, 잎으로 가을을 노래하다

이른 봄 꽃샘추위 속에서도
순백의 화신으로 와
뭇사람들의 가슴을 설레게 한 그대

화사한 꽃잎 보낸 후
연초록 잎새로 태어나
한여름 내내 그늘 짙어가더니
안으로 안으로
가을을 준비한 그대

소녀 같은 보송보송한 꽃봉오리 추억 안고
그대만의 곱고 맑은 연노랑 잎새로
가을 여인 되어
다시 우리 곁을 찾은 그대

갈색 잎새 떨군 자리
새봄을 준비한다

11월 11일

11월이 되면 사람들은 빼빼로를 생각한다
유·초·중·고생들은 물론 성인까지
대형마트는 일찌감치 판매 코너를 만들고
TV에서도 아이돌 가수들이 빼빼로를 선물하자고 외치고 있다
대기업 상술 때문에
대한민국 학생들은 11월엔 빼빼로만 생각한다

그러나 11월 11일 11시
세계는 대한민국 부산을 향해 묵념을 올린다

6·25 전쟁으로 희생된 UN군 전사자들을 추모하자고
낯선 동양의 작은 국가의 평화를 위해 산화한 그분들을 잊지 말
자고
11월 11일 11시 세계가 묵념하며 추모한다

11월엔
빼빼로만 있지 않고
낯선 국가의 평화를 지키기 위해 하나뿐인 목숨을 바친 그분들
을 위한 묵념도 있다

이끼, 너도 꽃이었구나

나무보다 먼저 태어났어도
습하고 그늘진 곳을 좋아한다는 이유만으로,
향기도 꽃도 열매도 없다는 이유만으로
언제나 너희들은 눈 밖에 있었어
빛보다 응달이 좋아서
오랜 세월 계곡과 고목의 응달진 곳만을 찾으며
한 생을 이어가는 너
날아가는 수분 한 방울도 버리지 않고
주어진 환경에 묵묵히 살아가는 너
그러나
인간의 사랑을 받고 싶다고
아니, 우리도 꽃이 있는 생명체라고
밤새 발끝부터 머리까지 힘을 모아
가녀린 꽃대 올려 핀 연초록 꽃송이
그 꽃으로 너는
사랑받을 수 있는 존재임을 보여주었어
그래, 너도 꽃이었구나
봄빛 새순보다 더 여린

팽나무, 회춘하다

순천만국가정원엔 600년을 살아온 할아버지 팽나무가 있습니다. 제주도 암반 지역에서 싹이 트고 자라 부족한 물을 보충하기 위해 스스로 나무에 구멍을 만들어 빗물을 모으며 살아온 팽나무, 이곳 새 보금자리에 뿌리를 내린 지 7년째입니다.

살아온 그 긴 세월 편치 않았을 여정은 무수한 옹이와 주름살로 보여줍니다. 우람했던 그 팽나무, 큰 가지 모두 잘린 채 꽁꽁 묶여 바다를 건너와 한동안 신음 소리가 호수공원을 휘감기도 했지만 이젠 아늑한 동산에서, 잘린 자리마다 탱탱한 새살 돋고 가지마다 새순 쑥쑥 나와 건강한 모습입니다.

곁에 있는 같은 처지의 천하대장군과 솟대를 벗 삼아 밤이면 달빛 어린 정원도 산책하며 고향 잃은 아픔도 나누고, 가끔 옛 추억이 생각나 비가 오면 주머니에 빗물 받아 지나가는 새들에게 나눠 주기도 한답니다.

새봄 맞아 바쁜 할아버지 팽나무는 그리운 고향 소식 듣고 싶어 남향 가지에 새순 먼저 틔워 봄바람에 실려 온 남녘 소식 듣습니다. 뱃길 건너와 고단했을 팽나무, 텃세 부리지 않고 부드러운 흙으로 감싸준 순천의 인심으로 이젠 정원의 든든한 가족이 되었으며 우람한 예전의 모습 찾아갑니다. 배려와 사랑은 나무에게도 힘이 되어 무성한 초록 꿈 꾸고 있습니다.

이제 회춘하여 새순 가득한 팽나무, 손주 팽나무 안고 싶어 밤낮
분주합니다.

올봄은 외롭게 갑니다

사회적 거리 두기로 몸은 멀어지고
하늘길도 물길도 멈춰버렸습니다

봄볕에 핀 유채꽃은 갈아엎고
벚꽃도 울타리에 갇히며
튤립꽃도 목이 잘려 나갔습니다
봄이 송두리째 찢기는 모습에
선한 봄은 할 말을 잃었습니다
가슴 설레는 꽃 나들이도 멈추고
사람들은 마스크로 얼굴을 가리고 다닙니다

꽃 속에서
사랑도 행복도 건강도 피어나는데
꽃 속에서
인간도 자연과 하나 되어 순해지는데
꽃 속에서
생명이 피어나고 너도나도 꿈을 찾는데
올봄은 모든 것이 멈춰버렸습니다

아름다운 봄
함께 놀아주는 이 없어
서러운 마음 안고
올봄은 외롭게 혼자 갑니다

영원한 별정원으로

남해 푸른 바다 가운데
큰 섬 곁에 다소곳이 떠 있는 작은 쑥섬
뭍에서 배로 3분 거리지만 풍경도 인심도 참 다르다

나무에 업힌 코알라 모습의 나무옹이도
여성의 가슴 모양의 나무옹이도
쑥섬의 숨은 보석이다
겨울 속에서 봄을 맞은 보리수 열매
벌써 수줍은 듯 불그스레하고
별정원은 온갖 꽃들의 축제장이다

숲길을 걷고
하늘 아래 펼쳐진 꽃밭을 산책하고
고개 돌린 곳마다 바다가 반겨주는 쑥섬은
순박한 섬사람들의 보금자리

바닷가 돌담 따라 수북이 떨어진 동백꽃
사뿐히 지르밟고 다니면서
도회지 사람들은 섬에 동화되어 간다

봄바람 불다

기다린 개화의 기쁨도 잠시
봄바람이 간지러워
그만 엄마 손을 놓친 꽃잎들
인사도 못 하고 허공에 흩날린다
벤치에 내려앉은 꽃잎도
자리 내준 벤치도
반갑다며 서로를 안고
잠시나마 봄날 얘기 나눈다
그 곁에 살짝 앉아
그들의 비밀 이야기 엿듣자
봄은 잠깐이라고
한마디 남기고선
봄바람은 꽃잎 데리고 멀리 날아간다
그래,
봄은 정말 잠깐이지
이 봄 떠나기 전
맘껏 봄의 사랑 나누고 싶다

민들레꽃

잘리고 밟혀도
묵묵히 새싹 올려
한 줄기 봄 햇살 온몸으로 받아
노오란 꽃송이로 봄을 밝힌 민들레꽃

두툼한 겨울 외투도
차가운 겨울바람도
봄빛으로 물들게 한 민들레꽃

벌 나비 사랑받아
솜사탕 같은 복스러운 홀씨 맺어
새 생명 훌훌 날려 보낸 그 자리
그 빈자리 허전하다

꼿꼿했던 꽃대도
허리 굽어 땅을 향하고
민들레꽃 조용히 생을 마감한다

민들레꽃, 우리의 삶과 같다

꽃시계

햇살이 나뒹구는 양지바른 언덕에
잘 자란 토끼풀 꽃송이들

바람 한 조각 햇살 한 줌 들어갈 수 없이
빽빽한 초록 잎새 사이사이로 가는 꽃대 올려
동그란 흰 꽃 웃고 있다

저 꽃대 꺾어서
그 꽃대 속에 다른 꽃대 넣어
꽃시계 만들고서
손목에 차고 좋아했던 철없던 어린 시절이 있었지
토끼풀의 아픔도 모른 채

오랜 세월이 흐른 지금
내 손목엔 그때 꽃시계가 멈춰 있다

연초록 느티나무

모두가 봄꽃에 흠뻑 취해 있을 때
느티나무는 조금 늦지만
쉼 없는 활동으로 마른 가지 적셔간다
단단한 껍질 뚫고
세상 처음 구경하는 새순도 호기심 가득하여
파란 하늘 연초록으로 색칠한다

시간이 지날수록
느티나무는 초록빛을 더해가고
세월이 흐를수록
숲은 울창한 녹음으로 새들을 품듯
사람은 나이를 먹을수록
품격 있는 인품으로 세상을 끌어안는다

온몸으로 여름 하늘 덮을 그날을 꿈꾸며
느티나무는
오늘 잠시도 쉬지 않는다

고맙다, 새끼발가락

두 달여 만에 깁스를 풀자
새끼발가락 등이 하얗게 포동포동 부어 있고
발가락 움직임도 발바닥 디딤도 아직은 통증이 있지만
외출도 샤워도 옥상 올라가는 것도 모두 낯설고 불편했던
지난 시간들이 파노라마다

10여 일을 방치해서
뼈가 붙지 않고 통증이 지속되면 발가락을 절단하거나
엉덩이뼈에서 이식수술을 해야 한다는 진찰 소견은
두 달여 내내 불안과 걱정을 안겨주었다

어둠에 갇혀 긴 시간들을
말 없는 노력으로 당당히 얼굴 내민 새끼발가락
한 번도 고마움 못 느끼고
언제나 당연한 것처럼 안중에도 없었던
걷는 힘의 기본인 다섯 개의 발가락
산으로 바다로 다시 걷는 자유를 도와준
새끼발가락, 고맙다
이젠 가끔 마사지도 휴식도 줄게

그 바닷속 슬픈 영혼

괌에서 비행기로 한 시간
적도 위 미크로네시아 군도
섬 주위엔 말 없는 역사의 증언이 있다
맑고 검푸른 태평양
겉으로 한없이 평화롭고 낭만적이지만
그 깊은 바닷속엔 바다만큼 깊은 슬픔이 흐르고 있다

폭격기 수백 대를 실을 수 있는
일제의 거대 수송선은 더러운 속을 내보이고 있고
피격되어 터지지 못한 수많은 포탄과
300여 척의 전함이 시뻘겋게 녹슬고 있으며
어리석게도 축배를 위한, 따지 못한 와인병들이 나뒹굴며
탐욕스럽고 야만적인 일제의 모습이 적나라하게 남아 있다
그리고
그곳엔 밤낮 고통 속에서 비행장과 참호를 만들고
나중엔 총알받이로 앞세워졌을
우리 동포 3천여 명의 슬픈 영혼이 울부짖고 있다

역사를 망각한 민족은 역사를 되풀이한다는데…

매화꽃 흩날리고

산수유꽃은 지금 한창인데
매화꽃 그대는 벌써 떠나시는가

소리 없이 다가온 봄 따라
간밤에 반가운 임이라도 다녀가셨는가

짧고 화려하게 살다가
시린 가슴 안고 지금 떠나시는가

산수유꽃의 노오란 웃음 속
매화 꽃잎 하늘하늘 내려앉는다

풀씨 한 톨

마을 뒷산 입구에 자리 잡은 어느 텃밭
부지런한 밭주인 따라
철 따라 상추 감자 쑥갓 배추 들깨가 건강하게 자라더니
주인 바뀌어 1년을 묵혀두더니
묵정밭은 온갖 풀들이 사람 무릎보다 크다
가을이 되어 씨앗 여물고
늦가을 지나 북풍이 휘젓는 매서운 겨울 아침
그 밭 지나는데 참새 떼 우르르 날아간다
곡식 낟알도 없는데…
아, 작은 풀씨를 먹고 있었구나
그 작은 풀씨도 한 끼 식사가 되다니
다음 날도 또 다음 날도
조용조용 지나가는데 여전히 우르르 날아간다
아마 보초병이 있나 보다
가다가 먼발치에서 바라보니
다시 묵정밭 풀숲으로 날아드는 참새들
식사를 방해한 나에게 무슨 말을 했을까?
보초병 녀석, 사람 인상 보고 신호 보내지
내 인상이 그렇게 날아갈 정도는 아닐 텐데…

벽시계

하루를 마무리하고
침대에 누우니
전면에 걸린 벽시계가 나를 응시한다
매일 아침저녁 두 번씩 보는 벽시계지만
초침은 운동장을 걷는 경보 선수처럼
무척 빠르다
분침은 느긋하게 걸어가고
시침은 시침 떼고 앉아 있다
빠른 것이 우리의 인생인데
돌아보니 어리석게도 시침처럼 여유가 넘쳤구나

우리의 삶은 초침 속도인데…

목발

발을 다친 후
병원에서 목발을 처음 짚고 나올 때
무척 어색하고 서툴렀지
로봇 다리 같던 목발이 무척 낯설었지만
하루 이틀, 한 달 두 달이 지나
이젠 제법 친숙하다
차가운 알루미늄 재질이지만
조금은 따스함을 느낀다
한 발로 걸을 수 없을 때
한 발 되어 걸을 수 있게 해주고
식사할 때면 벽에 기대어 말없이 기다려주는
나의 한 발
차가운 목발이지만
걸을 수 있는 큰 행복을 준다

작아도 강하다

휴일 아침
여유로운 마음으로 옥상에 올라 화분들을 살핀다
상추, 대파, 방울토마토, 사과나무, 앵두나무
지상보다 높아 밤 기온이 훨씬 낮으련만
밤새 모두들 건강하다
눈길이 대파에 멈춘 순간
무당벌레 한 마리 열심히 움직인다
21층 옥상까지 그 작은 날개로 얼마나 힘들었을까
아니, 이 높은 곳에 정원이 있는 줄 어떻게 알았을까
잠시, 손등에 올려놓자
손등에서도 부지런히 움직인다
간지럽다 귀엽다 사랑스럽다
빨간 바탕의 검은 점 날개
화려한 색깔로 자신을 내보이며
천적도 무서워 않는 대담한 무당벌레
쉼도 없이 먹이 활동도 열심이다
작아도 강한 비결이 궁금하다

작은 꽃도 예쁘다

아직 겨울의 찬 공기가 맴돌고 있어도
한 줄기 봄 햇살 놓치지 않고
고고한 자태로 매운 향기 품은
시인과 화가들의 사랑 한 몸에 받는 매화도 예쁘지만

새순도 나기 전
새하얀 웨딩드레스에 면사포 쓴 신부 되어
봄 뜰을 순백으로 가득 채운 목련도 예쁘지만

메마른 가지에 촉촉한 꽃망울로
봄 하늘을 하얗게 수놓아
온 세상을 꽃 천국으로 만드는 벚꽃도 예쁘지만

부지런히 꽃과 잎 함께 피워
길가 풀숲 속에서 반짝거리며 봄을 알리는,
아기 손톱만 한, 고운 색깔의 봄까치꽃
고개 숙여 눈높이 친구가 되지 않고서는 만날 수 없어
작지만 더 예쁘다

제암산 데크길을 걸으며

숲은 언제 가도 새롭게 맞아준다
보성 제암산 데크길
벌써 연둣빛으로 고운 색 자랑하는데
연초록 숲에서 볼 붉히며 수줍게 얼굴 내민 철쭉도
무섭게 하늘로 치솟는 물오른 편백도
벌써 손바닥만 한 잎으로 하늘을 가리는 신갈나무도
오늘은 숲만 보지 말고 숲속에 있는 역사도 보라고
소중한 분들 이름 들려준다

임진왜란 때 충무공의 부하로서 해전에 참전하시다가,
또 일제강점기 의병으로 활동하시다가
전사하신 보성 출신 전사자분들
최대성 전방삭 선거이 임계영 임창민 안규홍…
그분들도 가족이 있고 목숨은 하나였는데
조국을 위해 기꺼이 목숨을 바치셨다
데크길 한 걸음 한 걸음 걸을 때마다
그분들 이름을 되새겨 본다

초록이 짙어질수록 그분들 이름도 더 빛나리

입추

'입추' 하면 두 입술이 닿기도 전에 시원한 느낌이며
긴 폭염으로 지친 심신을 달래줄
한여름 소나기 같다

타는 듯한 불볕더위 속에
위세 당당한 초복 중복도 지난 지 오래
이젠 한여름도 떠날 준비를 한다

지겨운 더위 어서 가길 바라고
시원한 가을 어서 오길 기다려도
계절은 묵묵히 섭리에 맞춰 가고 온다

지나고 나면
한여름 폭염도 소중하고
긴 여름 시간도 내 삶의 일부인데
호들갑 떨며 어서 가길 바란다

또다시 계절의 수레바퀴에 올라타며
행복한 가을을 그린다

달팽이의 작은 가르침

가는 듯 멈춘 듯
연신 더듬이를 저으며 갈 길을 찾는다
지나가는 바람이 심술을 부려도
흔들리지 않고 묵묵히 간다
어디로 가는 걸까?
개미에게 추월당하고
빗줄기에 얻어맞아도 묵묵히 간다

바쁘게 사는 모습에는 아랑곳없다
가다가 힘들면 잠시 쉬고
뒤처진 어린 달팽이 응원도 하며
묵묵히 간다

잠시 멈추고 쉬엄쉬엄 가다 보면
하늘도 보이고 이웃의 아픔도 보인다고
조금씩 조금씩 몸 밀어 가는 달팽이
발자국마다,
산다는 것은 이렇듯 묵묵히 가는 것이라는
작은 가르침 하나 남긴다

알밤

아내가 산에 갔다 오는 길에
알밤 두 톨을 주워 왔다
하나는 크고 하나는 작고
동그란 모습이 한 형제는 아닌 듯싶고
각각 외동인가 보다

이 알밤 속엔
6월의 설레는 밤꽃 향기도
한여름의 태양도
사나운 태풍도 고스란히 담겨 있다
석 달 열흘을 품어온 자식을
보내는 이도 떠나는 이도
가을 햇살처럼 밝게 웃음 짓고 있어
가을 하늘이 환하다

알밤과 함께 집으로 들어온 가을
여문 알밤 한 톨로
가을이 빛나는 주말이다

섬진강을 지나면서

차창 밖으로 펼쳐지는 강과 산
맑은 가을 햇살이 긴 그림자 남기며
섬진강에 살며시 내려앉아 가을 얘기 나누고 있습니다
섬진강은 여느 때처럼
포근하게 마을을 감싸고 들녘을 품으며
웅장한 지리산을 노래합니다
압록 지나 크고 작은 바위들로 다도해 같은 섬진강은
따스한 가을볕 등에 업고 지난여름의 아픔을 들려줍니다

지난여름
도란도란 속삭이던 정겨운 섬진강은
한순간 시뻘건 괴물 되어
강둑을 무너뜨려 마을을 덮치고
들녘을 파헤치며 삶의 터전을 짓밟았습니다
흙탕물이 할퀴고 간 하얀 뼛조각이 드러난 강둑이며
강가 나무에 걸쳐진 너절한 쓰레기들은
그날의 아픔을 말없이 보여줍니다
인간의 어리석음을 꾸짖는 것이겠지요

가을과 함께 다시 평화로운 섬진강은
상처를 씻어주려는 듯 굽이굽이 흐릅니다

그곳에도 봄은 있다

지금
남녘의 봄은
꽃 진 자리에 싱그러운 초록 더해가는데
서울의 봄은 더딘가 보다

용산역 도착을 앞두고
열차는 조심조심 역에 진입하는데
그늘지고 잡목 있는 담벼락 곁에
늦잠꾸러기 개나리 하나 노란 웃음 머금고 반갑다 손짓한다

지나가는 사람 없고
오직 차창 밖으로 스치는 짧은 만남이지만
그곳에서 놀고 있는 따뜻한 봄을 본다

봄은
누구에게나 오고 어디에도 간다
봄은 참 공평하다

빈 의자

옅은 안개가 산 능선 타고 내려와
계곡에서 맴돌면
숲은 하얀 커튼에 안기고
촉촉한 수목원 속의 빈 의자
오늘도 낯선 주인공 기다린다

풋풋한 사랑 속삭이며
예쁜 포즈 취하는 연인 모습에
빈 의자는 싱글벙글
혼자 앉는 외로움에게도
도닥도닥 마음 나눠준다

하루 종일 덩그러니 앉아
찾아오는 사람 따라
사랑도 외로움도 함께한다

잠깐 인연 맺고
멋진 추억 한 장 가슴에 안고 떠나가면
홀로 남은 빈 의자 뿌듯함 안고 하루를 닫는다

날마다 받는 선물

새벽하늘 밝아오면
둥근 하늘이 파랗게 열리고
나는 오늘 하루를 선물 받고

사랑하는 이의 곁에서
눈빛 나누며
선물 받은 하루를 함께 보낸다

살아온 길 돌아보며
먼 훗날의 설계보다
행복한 오늘 그리며
또 그렇게 선물 받은 하루를 보낸다

어제 받은 선물과
오늘 받는 선물에 감사하며
내일 받을 선물을 기다리는
나는,
어제도 오늘도 내일도 부자다

청매화, 봄을 알리다

입춘을 보내고
봉긋봉긋 솟은 꽃봉오리
수줍은 듯 꽃가슴 열며
뽀얀 속살 드러내 보이는 청매화

혹한 속에서도
밤마다 꽃송이 키우고
밤새 내린
소복한 눈송이도 따뜻한 이불이었으리

봄의 설렘으로
지금 매화나무 바쁘다

겨울 속 봄볕 아래 얼굴 내민
맑은 청매화,
저 멀리 산수유 꽃봉오리 두드리며
새봄 꽃 축제를 알린다

가을, 걷고 싶다

가을 하늘 아래
물빛 고운 징검다리 건너며
어린 시절의 추억 한 움큼 안고
이 가을 걷고 싶다

가을 햇살 받으며
바다도 가을색으로 변해가는 백사장에서
긴 세월 간직한 바다의 비밀 이야기 들으며
이 가을 조용히 걷고 싶다

가을바람 안으며
가녀린 몸 화려하게 장식한 들녘 코스모스 길에서
따스한 체온으로 거닐던 너와의 추억 안고
이 가을 자박자박 걷고 싶다

가을 설렘 속에
제 빛깔로 수놓는 가을 숲에서
이고 진 걱정일랑 모두 내려놓고 숲의 공기 마시며
이 가을 마음껏 걷고 싶다

때가 되면

연초록 봄이 다가오면
인생의 하얀 도화지에 푸른 꿈 스케치하고

싱그러운 여름 찾아오면
인생의 꿈 펼치며 아름다운 삶 가꾸어가고

풍성한 가을이 곁에 앉으면
지나온 시간 속 행복한 시간 감사히 여기고

건강했던 몸 여기저기서 삐걱거리면
마음 비우고 인생의 황혼 준비하라는 몸의 신호이다

때가 되어
선명한 기억 하나씩 떠나가면
사랑한 가족과의 아픈 이별을 조금씩 조금씩 준비하라는 신호이
리라

열차에서

어둠 속 고속으로 달리는 KTX가
천안아산역에 도착하자
선글라스 낀 시각장애인 한 분이
승무원의 도움을 받으며 자리에 앉는다
메고 온 기타를 조심스레 무릎 앞에 놓고
휴대폰을 꺼내 더듬더듬 숫자판을 눌러
누군가와 통화를 한다
목소리가 밝다

휴대폰을 보거나, 창밖을 바라보거나, 잠을 자는
여느 승객과는 달리
오로지 앞에 놓은 기타만을 꼭 잡은 채 전면만을 향한다

휴대폰 숫자판도
밝은 세상도
그리고 정다운 사람들의 웃음도 볼 수 있는
나는,
어둠 속에서 살아가는 그분 앞에
가슴이 먹먹하다

그대 이름은 설향*

설향,
이름도 빛깔처럼 참 예쁘다

하얀 접시에 놓인 매혹적인 붉은 딸기
어서 맛보라 유혹한다
하나 집어
한입에 쏙 넣고 깨무는 순간
입 안엔 촉촉하고 부드러운 달콤함이 폭발한다

긴 시간 속
안으로 익어 붉게 물들고서야
맛도 향도 빛깔도 으뜸이 된다

손끝에 맴도는 딸기 향
봄꽃처럼 긴 여운 남기며
내 몸 감싼다

* 우리 토양에 맞게 개발된 국산 딸기 품종.

봄 길 걷다

도란도란 속삭이는 꽃들의 얘기를 들으며
봄 길을 걸어가는데
저 멀리
엄마 손 잡고 아장아장 걷는 아이의 발걸음이 통통 튄다

가는 곳마다 반겨주는 화사한 봄색
하양 노랑 연분홍 그리고 연두까지
봄날의 화판 위에
맑게 빛나는 색의 축제가 열리고 있다

겨울 가고 봄이 오면 저마다 색을 펼치는데
겨우내 웅크린 나는 무슨 색일까?
포근한 봄 길
수채화 같은 해맑은 봄의 색이 되고 싶다

아쉬운 송년

한 해의 정점에서
잠시 마음 내려놓고 나를 돌아본다

마음 한구석에
응어리처럼 굳어버린 가슴앓이 남아 있어
어제도 오늘도 시간만 흘려보내고
품었던 꿈도 이루지 못한 공허감이 가슴을 짓누른다

하루가 모여 계절이 되고
계절이 쌓여 인생 사계가 되는데
철 따라 변하는 자연의 변화를 헤아리지도 못하고
봄바람 스치듯 가볍게 지나쳤다

동지를 지난 긴 겨울밤
지난 1년의 시간 한 장 한 장 들춰보며
그래도 나에게 따뜻한 시선 보내고 싶다
그리고 남은 사계 그려보며 희망차게 새해 맞이한다

가을 산사 가는 길

가을이 가는 소리에
아쉬움 안고 아내와 함께 길을 나섰습니다
정말 오랜만에 아내 손 잡고 산길을 걸었습니다
아픈 발가락 놀랄세라 조심조심
나를 대신하여 운전할 때보다
더 깊이 들어가는 산길을 혼자 가는 아내의 뒷모습은
늦가을 숲보다 더 마음이 아립니다

부드러운 가을 햇살은
길 위에도
늦가을 숲에도
나와 아내의 등에도 따뜻이 내려
닫혔던 마음도 조금은 열리고 밝아집니다
조용히 호젓한 산길을 걷는 부부 모습도 아름답지만
깔깔깔 웃음 날리며 수다 떠는
팔짱 낀 어인 모습도 참 아름답습니다

이제 숲은 모든 걸 내려놓고
알몸으로 서 있지만 부끄럽지 않습니다

어린나무도 큰 나무도
열심히 살아온 한 해였기에 당당합니다
길 위 낙엽도 동무 되어 바스락거립니다
수북한 낙엽만큼 행복도 가득합니다

가을 숲,
스님들 몸과 마음 비우고 동안거 준비할 때
300년을 한결같이 초록을 뽐내던 노송도
곱게 물든 솔잎 하나 떨어뜨리며
조용히 동안거에 듭니다

아침 바다

아침 바다도 쉬고 있는 것일까
간밤의 거친 파도도 달콤한 휴식에 빠진 듯
잔물결 하나 없이 호수처럼 고요하다

어제 하루
열심히 살아온 사람들의 흔적만이
동트는 항구에 뚜렷이 남아 있다

아침거리를 찾아 떠나는 작은 배 한 척
긴 꼬리를 남기지만
이내 고요 속으로 스며든다

차츰 동녘 하늘 붉어지며
풀잎에 맺힌 이슬방울도 떠날 채비 하고
아침 바다는 다시 활기를 찾는다

사람과 자연에 대한 가슴 잔잔한 성찰

신병은 시인

자연이다.

좋은 시를 만날 수 있는 길은 자연을 만나는 일이다.

자연이 진정한 시의 스승이다.

자연을 탐색하는 일은 인간을 사색하는 일이면서 삶의 통합적 이해다.

자연의 원형미를 있는 그대로 들여다보는 김상복 시인의 시를 만나면 떠오르는 화두다.

노자의 무위자연無爲自然은 '하지 않아도 저절로 그러하다'란 뜻으로 '無爲而無不爲', 즉 '하지 않아도 하지 않은 것이 없다'라는 의미와 상통한다. 이 속에 담긴 의미를 풀어내면 '억지로 하지 마라, 욕심을 버려라, 자연의 순리에 따라라, 인간 중심적인 분별을 하지 마라, 자연으로 돌아가라'라는 뜻이다.

완전함은 채워가는 과정이 아니라 비우고 비워서 더 비울 것이 없는, 즉 사람의 힘을 더하지 않은 그대로의 자연을 말한다. 이는 노자의 생태주의적 사유의 원형으로 인간은 땅을 본받고, 땅은 하늘을 본

받으며, 하늘은 도를 본받고, 도는 자연을 본받는다人法地, 地法天, 天法道, 道法自然는 뜻이다. 땅의 자연스러운 본성, 하늘의 자연스러운 본성, 도의 자연스러운 본성에 따라 사는 삶, 즉 사람은 자연에 따라 살아야 올바른 삶을 사는 것이라는 의미다.

김상복 시인은 자연의 순리를 존중하는 삶을 추구한다. 자연 친화적 삶을 동경하며 자칫 인간에 의해 흐트러진 순리를 걱정하며 인간의 폭력성을 넌지시 나무란다. 그렇다고 거창한 목소리를 내세워 외치는 것이 아니라 생활 속의 사소한 깨달음을 통해 우회적으로 제시한다.

가을이 깊어가는데
목련꽃이 화사한 모습으로
억새꽃 곁에서 햇살을 받고 있다

지나는 관광객
가을을 느끼고 싶어,
가을과 하나 되고 싶어 찾아왔는데
때아닌 봄꽃을 만나
두 계절 맛본다며 기뻐한다

그러나
목련이 착각하고 있다고
계절감을 상실했다고
아니 미쳤다고 인간들은 한마디씩 던진다

가을이 봄 같아 꽃송이 피운 게
그렇게 큰 잘못인가
철없는 인간도 있지 않느냐고
볼멘소리로 한마디 던지는 목련꽃
　-「목련의 항변」 전문

　목련의 관점과 인간의 관점이 대비되어 제시되어 있다. 때아니게 가을에 핀 목련을 보는 인간의 관점과는 달리 목련의 관점에서 보면 그게 기후 환경의 변화에 따른 자연의 헝클어진 현상이지만, 그 또한 가만히 들여다보면 인간의 폭력성이 내재된 관점이다. 목련이 "착각"하거나 목련이 미친 것이 아니라, 이 모두가 "철없는 인간"들이 그 원인이라 항변한다.

　그런가 하면 "늦가을의 따뜻한 가을볕" 속의 사찰은 "온통 고운 단풍"인데 그 속에 핀 "분홍빛 철쭉꽃"을 걱정한다. "모든 것은 때가 있는 법"인데 누군가는 "철 모르는 꽃"이라 해도 "꽃은 꽃"이라며 옹호하는 마음 안쪽에도 헝클어진 자연의 순리를 안타까워한다.(「꽃보다 단풍」)

　거기에 오버랩된 시인의 또 하나의 시적 안목은 관점의 변용이다. 상대적인 관점에서 들여다보려는 배려의 관점이다. 그래서 시인은 "가을 전어"를 "상추쌈 양 볼 가득 오물거리"며 맛있게 먹다가도 문득 "거미줄에 걸려 파닥거리는 나비처럼/ 바다 그물에 걸려 애처롭게 두 눈 뜬 채 가쁜 숨 몰아쉬"는 전어의 모습을 떠올리며 전어의 마지막 말을 궁금해하기도 하고,(「가을 전어」) "바닷가 돌 틈 사이"에 "솔방울 씨앗 하나 싹을 틔워 자"라는 "어린 소나무"의 "세상 향해 꿈꾸고 있"
는 모습에서 희망적 메시지를 전하기도 한다.(「꿈을 키우다」)

> 이른 아침
> 거실 창문 여는데
> 거실 바닥에 작은 초록 몸짓 보인다
> 가까이 보니 아주 작은 초록 애벌레 두 마리다
> 어떻게 애벌레가…?
> 아, 어젯밤 주방 싱크대에 얹어놓은,
> 지인의 무농약 텃밭에서 따 온 채소 꾸러미였구나
>
> 저들에겐 천 길 낭떠러지였을 텐데
> 본능적으로 빛을 찾아 내려와
> 밤새 기었을 저 수고로움,
> 서로 눈빛 주고받으며 힘들게 기어 왔을 긴 여정
> 늦게 출발한 한 녀석은 냉장고 앞에서 쉬고 있다
>
> 무럭무럭 자라 나비 되어 훨훨 날아가라고
> 조심조심 신문지에 올려
> 옥상 화분의 어린 케일잎에 올려놓았다
> ―「긴 여정」 전문

그에게 세상의 모든 생명은 존엄하다. 그래서 생명 있는 모든 것들
은 존중받아야 한다. 감씨 속에 들어 있는 감나무와 사과씨 속에 들어

있는 사과나무, 수박씨 속에 안겨 있는 수박 포기 등의 식물성 생명도 그렇지만 작은 개미 한 마리도 거미 한 마리도 달팽이 한 마리도 생명의 존엄성은 시인과 등가^{等價}로 자리매김한다.

시인은 "무농약 텃밭에서" 얻어 온 채소를 따라온 "작은 초록 애벌레 두 마리"를 발견하고 그 생명의 고귀함과 "밤새" 출구를 찾아 기어 다녔을 "수고로움"을 헤아린다. 그러고는 "무럭무럭 자라 나비 되어 훨훨 날아가라"고 옥상의 케일 화분에 올려놓은 시인의 마음이 착하고 곱게 다가온다. 작은 생명을 소홀히 하지 않고 인간주의 관점에서 벗어나 모든 존재를 같은 생명의 가치로 만나는 생명 사랑의 정신이 안겨 있다.

그의 이러한 자연관을 인류의 삶의 가치 제고에 대한 통섭적 안목이라고 하면 지나친 비약일까.

숲 둘레길 들어서니
닫혔던 심신이 자유를 찾아 훨훨 날아간다

편백 숲 벤치에 앉아
잠시 명상의 시간…
일상의 모든 것 내려놓고 숲에 안겨
숲과 하나 되니
나무들 사는 얘기 들려준다

햇살도 땅도
서로가 필요한 만큼만 가져도

모두가 건강하게 울창한 숲 만들고
한적한 오솔길 내줄 수 있다 한다

아침부터
잠자리에 들 때가지 종일 바쁜 우리
나무가 '생각' 하나 던져준다
　－「숲이 말하다」 전문

　자연에서 시 줍는 일은 자연과 대화하고 그와 나눈 이야기를 받아
쓰는 일이다. 자연이야말로 시의 스승이자 인간의 스승이다. 인간이
아는 모든 지식은 자연에서 빌려 왔고 배워온 것들이다. 자연에 대한
경외심과 친화의 뜻으로 다가가면 자연은 쉬 마음을 열어 보인다. 알
고 보면 우리 인간은 자연의 한 부분에 불과하고 우리가 아는 지혜,
우리가 아는 삶의 원리뿐만 아니라 우리의 의, 식, 주 등 모두가 자연
에서 얻어 온 것들이 아니던가.

　진정으로 숲의 이야기를 듣는다는 것은 숲과 하나가 되는 일이다.
나무의 생각, 꽃의 생각, 풀의 생각, 바람의 생각, 달의 생각 등을 이해
하려 할 때 진정한 한 부분이 될 수 있다. 숲과 하나 되어 다가가면 비
로소 나무들은 제 사는 이야기를 들려주고 제 생각 하나를 던져준다.

　숲은 주어진 환경 탓하지 않고 잎 피우고 꽃 피울 그날 기다리며 기
쁜 마음으로 생명을 키워간다. 시인은 꽃과 나무, 새들의 언어를 있는
그대로 이해하려 한다. 내게 좋고 편한 대로만 말하지 않고 맑은 눈으
로 숲속 풍경과 표정을 읽어내는 김상복 시인의 숲은 생활하는 생명
체로 거듭난다.

지하철 가는 길

오가는 사람 많은데

비둘기 한 마리 절뚝거리며 먹이 활동을 한다

가만히 보니 한쪽 발의 발가락이 없고 뭉툭하다

그래도 아픈 발 절뚝거리며

기죽지 않고 씩씩하게 먹이를 찾는다

사람이 오면 비켜주고

때로는 허공으로 날아올랐다가 다시 내려와

절뚝거리며 두리번두리번 먹이를 찾는다

상처가 아물 때까지 얼마나 힘들었을까

그 아픔 딛고 이렇게 씩씩하게 살아간다

살아가면서 겪는 고통

결코 누구도 대신할 수 없다

오롯이 자신만이 참고 이겨내야 한다

상처 안은 비둘기

절뚝이며 가볍게 하늘 향해 날아오른다

　　-「산다는 것은」 전문

이 시를 읽다 보면 삶의 보금자리를 빼앗긴 비둘기의 아픔을 통해 현대 문명의 폭력성을 고발한 김광섭 시인의 「성북동 비둘기」가 오버랩되어 온다. 시 속에 들어 있는 이야기는 우리 삶의 이야기다. 이 시에 등장하는 "한쪽 발의 발가락이 없고 뭉툭"한 비둘기는 인간에 의해 훼손된 자연, 도시 문명의 이기적 부작용을 상징하는 객관적 상관물이다. 비둘기가 처한 상황을 구체적으로 묘사하여 도시 문명의 해악을 절제된 목소리로 경고하면서 자연의 소중함과 사랑을 일깨워 주고 있다.

"한 해의 마지막 날" "섬진강 변에 자리한 작은 미술관"을 찾은 시인은 "강둑을 거니는 내내/ 도시 생활에 물든" 자신을 "다독이며/ 잠시나마, 철들지 않아 행복했던 어린 시절을" 되새긴다. 추억을 안겨주는 그 자체로 시인에게는 선물이고 걷다 보면 길 끝쯤에서 새봄을 만날 것 같은 것이다.(「섬진강을 그리다」)

"작은 새 가슴에도" 다 생각이 있기 마련이고,(「작은 새 가슴에도」) 숲속에서 "잘리고 뿌리째 뽑혀/ 아파트"로 옮겨진 소나무의 독백도 들린다.(「어느 소나무의 독백」) 그런가 하면 "봄비 한 방울" 떨어지고 "봄 향기 한번 날"리고 "봄바람 한번 스"쳤을 뿐인데 설렘으로 모두가 새로워지는 봄을 만난다.(「봄」)

그래서 그의 시적 근거에는 생태학적 사유가 밑자리 한다.

둥근 나이 한 살을 더 먹고 "눈보라가 몰아쳐도" "하늘 우러"러 "새봄 위해 생명 키우"는 겨울나무의 꿈을 보는가 하면,(「겨울나무」) "몸이 가루가 되는 아픔으로/ 비로소 낙엽은 새로운 생명의 밑거름" 되는 순환의 질서로 만나고,(「가을의 소리」) 사과나무 적화의 풍경을 보면서 채 펴보지도 못하고 "목이 잘린" "사과꽃"의 억울함을 대신 슬퍼하기도 한다.

긴 겨울 버티며
새봄을 맞아 맺힌 사과꽃 봉오리
설레는 마음으로 세상을 본 지 하루 만에

싹둑 목이 잘린 채 땅에 떨어졌다
너무 많이 피었다고
가을에 사과 몸값을 올려주기 위해서라고
갓 핀 사과꽃 송이
땅에 수북하다

가정마다 아이들 웃음소리 넘쳐나던 시대
둘도 많으니 하나만 낳아 잘 기르자던 TV 광고가
전국을 휩쓸던 기억 생생한데
그 후 30년도 못 되어 출산율 최하위 대한민국
이젠 아이들 웃음소리가 귀하다

세상 구경 못 한 어린 생명
그리고 하루 만에 목이 잘린 사과꽃
너무 억울하다
　－「사과꽃을 따다니요」 전문

　위 시는 사과나무 적화 작업을 노래한 시다. 적화 혹은 적과는 사과
의 상품성을 고려해 하나를 제대로 키우기 위해 다수의 꽃 혹은 열매
를 솎아내는 작업이다. 그래야만 바람과 햇살이 잘 들고 열매끼리 부
딪혀 상처 나는 일이 없다.
　사과꽃 적화 작업에서 유추하여 문득 산아제한産兒制限 정책을 떠올
린 시인은 다시 오늘날의 출산율 최하위국을 염려하고 있다. "세상 구
경 못 한 어린 생명"들의 억울함을 들춰낸 격세지감의 거리감을 통해

독자로 하여금 "사과꽃을 따다니요"라는 긴 여운을 주고 있다.

그의 시는 유추에 근거하고 있다. 세상 모든 시는 유추에 근거하고 있을 뿐만 아니라, 모든 과학적 창조도 유추에 근거하고 있다. 유추는 이미 알려진 사실로 미루어 다른 사실을 견인해 내는 추론법이다. 둘 이상의 현상과 대상 사이의 기능적 유사성이나 내적 관련성을 알아내어 보여준다. 이것이 기존의 지식에서 새로운 지식으로 도약하는 원리다.

숲속에서 평화롭게 살다 가지가 잘리고 뽑혀 아파트에 강제 이주해 온 소나무와 '잘린 아픔'을 매개로 내가 삭이고 삭여온 아픔의 옹이가 연결되어 시적으로 갈무리된다. "인간의 이기적인 생각이 평생 누군가의 가슴을 후빌 수도 있고/ 옹이 되어 영원히 남을 수도 있음"에 사람들의 무심함을 꼬집기도 한다.(「어느 소나무의 독백」)

> 해가 많이 기울어진 오후
> 어린이집에서 세 아이를 데리고 나오는 아이들의 아빠
> 아이들이 참 예쁘고 귀엽다
> 옷도 모두 똑같고
> 여자아이들은 머리도 똑같이 양 갈래로 묶었다
> 네 살쯤의 여자아이는
> 아빠 손 꼭 잡고 걸어가고
> 세 살쯤의 남자아이는
> 큰 가방 메고 기우뚱기우뚱 씩씩하게 앞서 걸어가며
> 여섯 살쯤의 여자아이는
> 아빠 뒤를 종종 따라간다

아빠와 함께 걸어가는 세 아이
저 모습보다 더 행복한 풍경이 있을까
세 아이의 엄마 생각이 빛나는 5월이다
－「행복한 풍경」 전문

그의 시적 안목은 수사적인 의미보다는 재발견된 일상적인 삶의 풍경을 그대로 그려내기도 한다.

당신은 행복한가? 시를 읽고 난 후에 시가 내게 던진 질문이다.

"행복한 풍경"이라는 추상 의미를 담담한 하이퍼리얼리즘으로 그려내고 있다. 시적 언어는 거창하게 꾸며진 말이 아니라 상황에 따라 새롭게 의미를 갖는 언어다. 행복하게 보이는 풍경의 한 단면을 통해 행복은 거창한 것이 아니라 우리 삶의 일상 속 여기저기 산재해 있음을 알려준다.

고산의 문인인 면우俛宇 곽종석郭鍾錫도 '아내는 길쌈하고 아이는 책을 읽어 가난 걱정 없는 것이네妻纖兒讀不憂貧'라는 행복한 풍경의 춘첩자를 써 붙였다고 한다.

한 폭의 수채화 같은 행복한 풍경을 만난 시인의 행복한 표정 또한 오버랩되어 오는 시다.

시인은 삶의 일상에서 문학적 표현들을 마주할 때 행복하다고 한다. 그것은 거창한 예술적 기교가 아니라 위 시처럼 삶의 일상에서 '행복'의 구체적 풍경을 만났을 때 혹은 그런 풍경 속에서 '행복'이란 추상명사를 만났을 때다. 쉽게 지나칠 수도 있는 지극히 평범한 일상을 통해서, 그 흔하고 가벼운 일상어를 통해 절대 가볍지 않은 의미를 지닌 무언가를 마주할 때 전율한다고 했다.

그러고는 신혼부부에게 '서로의 마음 모아질 때 서로에게 정성 다할 때 행복합니다'라고 귀띔해 준다.

자정을 넘어 침실로 간다
먼저 잠이 든 아내가 혹 깰까
조심조심 이불 품에 안긴다
가슴 위로 두 손 곱게 올린 채
잠이 든 아내 손을 살며시 잡아본다
따뜻하다
손만 잡아도 마음 설레던
곱고 부드러웠던 아내 손도
이젠 세월의 흔적이 깃들어 있다

가족을 위해
한평생 헌신하며
시간을 벗 삼아 세월을 일궈온
소중하고 고마운 두 손

행복의 오아시스인
아내의 손
먼 훗날, 잡은 손 놓는 그날까지
꼭 잡고 아끼며 사랑하리
　-「아내의 따뜻한 손」 전문

부부는 나이가 들어가며 세상에서 가장 편안한 친구처럼 늙는다. 시인은 잠든 아내의 두 손을 살며시 잡고 아내와 함께해 온 세월을 소환하고 있다. 고맙고 사랑스럽고 소중한 마음을 대신하는 말도 거창한 말이 아니라 따뜻하다는 한마디다.

말에도 온도가 있다. 시의 말은 생활 속에 만난 일상의 화법 이상도 이하도 아닌, 그러면서도 새롭게 다가온 의미를 품은 말이다. 시는 사람의 마음을 담아내는 마음의 소리이기 때문에 어떤 상황의 어떤 대상과 통할 수 있어야 한다. 말에서 그 사람의 향기가 난다고 한다. 풀과 꽃, 나무의 마음을 얻기 위해서는 잘 들어야 한다. 이청득심以聽得心, 들어야 마음을 얻는다. 귀를 기울이고 당신의 아픔은 곧 내 아픔이라고 공감할 수 있을 때 그 마음을 얻을 수 있다. 그럴 때 말에 온도와 향기가 배어든다.

헤겔도 마음의 문을 여는 손잡이는 바깥에 있는 것이 아니라 안쪽에 있다고 했다.

김상복 시인의 시를 만나다 보면 말의 무늬와 결은 이처럼 특별한 수사적인 의미에 있는 것이 아님을 알 수 있다.

"나, 너 좋아해"라는 한마디에 "그녀는 눈빛이 빛나고/ 얼굴엔 웃음이 넘쳐"나고 "발걸음도 통통 튄다." "좋아한다는 말 한마디가/ 봄바람처럼, 무딘 가슴 설레게 하고/ 하는 일마다 즐겁고/ 모든 것이 아름다우며/ 순간순간" "행복의 무지개에 감싸인다."(「너 좋아해」)

언위심성言爲心聲, 말은 마음의 소리이기 때문이다. 사람이 지닌 고유한 향기는 사람의 말에서 뿜어져 나온다. 말과 글에는 사람의 됨됨이가 서려 있어 무심코 던진 말 한마디에 사람의 품성이 드러난다.

시인에게 '당신'은 "나를 볼 때마다/ 맑은 눈빛으로 소중한 마음 주
는/ 참 따뜻한 사람"이고, "사랑앓이로 열꽃이 필 때마다/ 내 가슴에
안겨 촉촉한 입술로 속삭여 주는/ 참 사랑스러운 사람"이고, "가끔 힘
들어할 때마다/ 따뜻한 미소로 삶의 용기 불어넣어 주는/ 참 고마운
사람", "함께 있어 행복"한 사람이다.(「당신」)

생일 며칠 전 아내가
"생일 선물 뭐 사줄까?"
"음, 비싼데…"
"뭔데?"
"상냥한 여자 하나 사줘"
나도 모르게 툭 튀어나온 말
순간 아내는 웃음이 터졌지만
나의 진심 반 농담 반이 담긴 그 말에
아내가 상처받지 않았을까 걱정된다

어떤 일이든 완벽하게 처리하고
남매 낳아 건강하게 잘 키워주고
남편 내조 으뜸이어서
항상 자랑스러운 아내지만
이젠 조금은 상냥해진 아내랑 살고 싶다
내 사랑 그대여!
　－「생일 선물」전문

시인에게 시는 일상 그대로다. 시는 우리의 삶과 멀리 있는 이야기가 아니라, 우리 삶의 일부분임을 보여준다. 사소한 것을 그냥 지나치지 않고, 사소한 것에서 발견된 새로운 의미로 공감의 폭을 넓혀, 대상에 숨겨져 있는 삶의 의미를 짚어낸다. 그에게 새롭게 본다는 것은 새로운 의미를 발견하는 것이고 일상의 의미를 확장시키는 작업이다.

늘 같다고 생각하는 것들에도 또 다른 의미가 숨겨져 있다는 인식으로 세상을 다른 관점에서 들여다보려 한다. 어차피 창작은 세상의 속을 다르게 들여다보는 행위와 방법의 문제이기 때문이다.

새롭게 들여다보려 말고 다르게 보자. 이것이 그의 시 창작의 출발점이면서 시 줍는 비결이다.

일상 속에서 쉽게 만난 시가 쉽게 가슴에 닿는 시이고, 그런 시가 공감의 폭이 넓고 울림을 주는 시임을 잘 안다. 매생이떡국을 끓여주는 아내의 점심 특선에 아내가 더 예뻐 보이고, 휴일 하루가 배부른 시인이다.(「아내의 점심 특선」)

그래서 시인에게 아내는 "언제나 아름"답고 "봄 햇살처럼" "싱그러운", "언제나 설레는 꽃", 영원한 "꽃 중의 꽃"이 된다.(「그대는 언제나 꽃」)

　
출가 동기인 두 비구니 스님이
초록이 깊어가는 5월에 만나
맛있는 수다를 떤다
지나가는 바람에도 깔깔거리고
된장을 담그면서도
피자를 만들면서도

그리고 차 한잔을 마시면서도 수다는 끝이 없다
40대임에도 사춘기 소녀마냥 수다가 예쁘다

(…중략…)

꿈꾸는 열아홉에 긴 머리 삭발하고
내 안의 부처를 찾아 산사로 들어온 비구니 스님
곱디고운 얼굴, 티 없이 맑은 모습이 5월 햇살처럼 밝다
 -「비구니 스님 이야기」 부분

그에게 시 쓰기는 인문학으로서의 시 쓰기다. 인문학은 사람이 사람을 알아가는 학문이다. 사람과 사람이 나란히 함께 가는 삶, 어떻게 하면 사람이 사람을 사랑할 수 있을까에 관심을 갖는다. 사람의 에너지는 사람으로부터 나오고 사람 안에 사람이 있다는 전제로 출발한다. 그의 시 쓰기를 보면 거창한 이야기가 아니라, 사람과 사람, 대상과 대상, 인간과 자연의 관계성을 풀어내며, 인간과 자연에 대한 기본적인 이해를 통섭적 안목으로 바라보고 풀어낸다. 즉, 자연에서 삶을 만나고 있다.

열아홉의 삭발 머리 그대로 5월의 햇살이 되는 비구니 두 사람이 보이는 한 폭의 아름다운 그림이다. 비구니 스님이 연출하는 풍경은 있는 그대로의 삶의 풍경이다. 40대 소녀의 수다가 맑고 곱세 들려온다. 세상의 모든 존재들이 두 비구니 스님의 수다에 귀를 기울일 것만 같다. 이 풍경 속에 안겨 있는 지순지고한 인간미에 독자들의 마음이 맑아진다.

마음결 고운 시인은 한평생을 교직을 천직으로 보냈다. 지금도 아이들의 이름을 하나하나 기억하며 그때를 되새김질하는 그 자체로 행복하다. 지금 나이 들 대로 든 제자들도 시인에게는 늘 그때의 모습 그대로 영원한 소녀로 남아 있다.

첫 발령 학교 체육대회
응원하기 위해 곱게 분장하고 학생들 앞에서
열심히 춤추던 중3 소녀 현자 미성
어찌나 귀엽고 예쁜지…
그후 너희 둘은 나의 가슴에 빛나는 예쁜 별이 되었지

세월 흘렀어도
북평중 4년 동안의 체육대회와 봄가을 소풍이
어제처럼 선명한데
그사이 너희들의 아이도 이젠 엄마가 되었겠지

지금도 문득문득
중3 소녀의 모습으로 내 곁에 나타나
생글생글 웃으며 종알거리는 귀엽고 예쁜 녀석들
웃음과 행복과 추억을 선물하곤 떠나간다

먼 훗날 기억 희미해져도
너희 둘은
영원히 내 가슴에 귀엽고 예쁜 소녀로 머물리라

―「영원한 소녀」 전문

　그의 시는 삶에 대한 가슴 잔잔한 성찰이 돋보인다.

　강의 시간에 늦은 여성 원우가 식을까 염려하여 가슴에 품고 온 따뜻한 붕어빵 두 봉지를 교탁에 내려놓으며 "교수님, 붕어빵 먹고 공부해요" 하는 한마디에 행복한 수다가 강의실을 넘쳐나기도 하고, "붕어 한 마리로 교실엔 행복이 가득"해 "창밖엔 함박눈이 내"릴 것 같은 아름다운 착각에 들기도 한다.(「따뜻한 붕어빵」)

　세상 사는 일이 거창하지 않다. 사람은 사소하고 작은 일에서 설레고 감동한다. 주위에서 만나는 정겨운 풍경을 지나치는 일이 없이, 제 눈에 비친 안목으로 잘 더듬어내는 그는 "자연의 숨결을 느낄 수 있음에 감사하면서/ 마음 따뜻한 사람들과 시간을 함께하고 싶"어 한다. 또 "여행 좋아하는 짝꿍과 함께/ 발길마다 펼쳐지는 새로운 세상 온몸으로 느끼며/ 설렘 가득 안고 자유롭게 여행도 하고 싶"어 하고, "하하하 너털웃음으로 날리며/ 지나가는 바람처럼 햇살처럼 가볍게 살고"자 한다. 그러고는 "날마다 새롭게 피어나는 하루하루에 감사하며/ 세상 모든 사물에 시선 멈춰, 맑고 따스한 시를 쓰고 싶"어 한다.(「새해의 소망」) 그런가 하면 "향기도 꽃도 열매도 없"어 "눈 밖에 있"던 "이끼"도 "새순보다 더 여린" 꽃을 피우는 꽃임을 헤아려낸다. "오랜 세월 계곡과 고목의 응달진 곳만을 찾으며/ 한 생을 이어가는 너/ 날아가는 수분 한 방울도 비리지 않고/ 주어진 환경에 묵묵히 살아가는 너"를 발견해 낸다.(「이끼, 너도 꽃이었구나」)

　그의 성찰은 펜데믹 시대에 "외롭게" 가는 봄을 만나기도 하고(「올봄은 외롭게 갑니다」), "작은 꽃도 예쁘다"는 것을 헤아려낸다.(「작은 꽃

188

도 예쁘다」) 휴일 아침 옥상 화분들을 살피다 21층까지 날아오른 "무당벌레 한 마리"를 발견하고 그 작은 날개의 힘에 감동하는가 하면,(「작아도 강하다」) "부지런히 꽃과 잎 함께 피워/ 길가 풀숲 속에서 반짝거리며 봄을 알리는,/ 아기 손톱만 한, 고운 색깔의 봄까치꽃"을 재발견하기도 한다.(「작은 꽃도 예쁘다」)

"잠시 멈추고 쉬엄쉬엄 가"며 "하늘도 보"고 "이웃의 아픔도 보"고 "조금씩 조금씩 몸 밀어 가는 달팽이/ 발자국마다./ 산다는 것은 이렇듯 묵묵히 가는 것"이라는 달팽이의 작은 가르침도 만난다.(「달팽이의 작은 가르침」)

어둠 속 고속으로 달리는 KTX가
천안아산역에 도착하자
선글라스 낀 시각장애인 한 분이
승무원의 도움을 받으며 자리에 앉는다
메고 온 기타를 조심스레 무릎 앞에 놓고
휴대폰을 꺼내 더듬더듬 숫자판을 눌러
누군가와 통화를 한다
목소리가 밝다

휴대폰을 보거나, 창밖을 바라보거나, 잠을 자는
여느 승객과는 달리
오로지 앞에 놓은 기타만을 꼭 잡은 채 전면만을 향한다

휴대폰 숫자판도

밝은 세상도
그리고 정다운 사람들의 웃음도 볼 수 있는
나는,
어둠 속에서 살아가는 그분 앞에
가슴이 먹먹하다
－「열차에서」 전문

그에게 세계는 나를 재발견하는 창이 되기도 한다. 열차에서 만난 시각장애인의 밝은 목소리와 "전면만을 향"하며 "어둠 속에서 살아가는 그분"의 행복한 표정에서 그분과는 달리 폰도 보고 밝은 세상도 보고 "정다운 사람들의 웃음도 볼 수 있는" 자신의 현재를 반성적으로 성찰해 낸다.

이러한 성찰은 그의 세계관, 시적 안목이 나로부터가 아니라 대상, 상대로부터 자리하기 때문이다. 그것에서 배려의 화법이 가능해진다.

배려의 화법은 그동안 보이지 않았던 모습을 만나고 그동안 알지 못했던 의미를 알아내는 화법이다. 나보다 먼저 너를 생각하는 화법으로 세상을 더 환하게 한다. 배려의 화법은 공자의 인仁에서 출발한다. 仁은 사람 人에 두 二가 합쳐 만들어진 글자로 두 사람을 뜻한다. 나와 나 아닌 다른 사람이 함께 하나가 된다는 말이다. 두 사람이 하나가 되는 것, 남을 내 몸같이 사랑하는 일이다. 그러면서 인간과 자연이 함께 공감하고 공유하는 관계를 이루고, 그럴 수 있을 때 비로소 인간이 자연 안에 들 수 있다.

모든 것이 순리다. 자연은 스스로 존재하며 스스로 법칙에 따른다. 그의 시는 이러한 자연관, 세계관, 인생관에 밑자리 하고 있다. 인간

에 대한 배려만이 아니라, 자연에 대한 배려와 함께하기 때문에 더 빛
이 난다.